晴らし

見倒屋鬼助 事件控3

喜安幸夫

時代小説

二見時代小説文庫

目次

濡れ衣晴らし——見倒屋《みたおしや》鬼助《きすけ》事件控 3

一　浪人者

一

百軒長屋《ひやっけん》のお島《しま》が、

「ちょいといい話、つかんできたよ」

と、鬼助《きすけ》たちの住まう安普請《やすぶしん》の縁側に背の荷を降ろし腰を据えたのは、浅野家改易《あさのけかいえき》から五月《いつつき》近くを経た、元禄《げんろく》十四年（一七〇一）葉月《はづき》（八月）に入ったばかりのころだった。陽が西の空に大きくかたむいた時分である。

百軒長屋の出入り口になっている路地に、鬼助たちの棲家《すみか》の縁側が面しているため、小間物行商のお島が帰りに〝ちょいと〟とそこに腰かけ、お茶を飲んでいくのは珍しいことではない。このときも、

「おっ、そうかい。待ってな、お茶でも出すからよ。ゆっくり聞こうじゃねえか」

と、この家作《かさく》の借主の市左《いちざ》が、愛想よく湯飲みの用意にかかった。

愛想いいはずである。市左と鬼助の商売柄、毎日町々に出歩いているお島の持って来るうわさ話は、見倒し先を找《さが》すのに重宝《ちょうほう》な材料となるのだ。

「聞こうじゃねえか」

と、鬼助も縁側に出て座り込んだ。

どこかに夜逃げや駆落ち者が出そうだと聞けば即座に駈けつけ、家財を二束三文《にそくさんもん》に買い叩き、それを古道具屋に相場の値で又売りしてあいだを稼ぐ商《あきな》いだ。相手の足元を見て買い倒すのだから見倒屋《みたおしや》といった。

一見あくどいようだが、逃げる側にすれば寸刻を争って荷をまとめるとき、簞笥《たんす》や膳や皿、布団《ふとん》など持ち出せるものではない。そこへ見倒屋が来ていくらかでも買い取ってくれれば路銀の足しになる。それを思えば、重宝でありがたい存在なのだ。

「あたしがいつもまわっている須田町《すだちょう》の長屋さ。駆落ち者がいてさあ。それが見つけられたらしく、また逃げ出さなくちゃなんないらしいのさ」

須田町といえば、この棲家や百軒長屋とおなじ神田界隈《かいわい》だ。

「なんだって？　須田町の長屋に駆落ち者？」

市左が台所から三人分の湯飲みを載せた盆を運んで来て、縁側に座り込んだ。

市左は以前からここを根城《ねじろ》に見倒屋をやっていたが、播州赤穂《ばんしゅうあこう》藩浅野家が改易になり、堀部《ほりべ》家の中間《ちゅうげん》だった喜助《きすけ》が行き場を失ったとき、喜助を〝兄イ〟と称《よ》び、是非うちに来て仕事を手伝ってくれと招いたのだ。喜助は見倒屋稼業がけっこう気に入り、名を鬼助とあらため、仕事にも慣れたころだった。

「そうさね。あの男女が須田町の長屋に越して来たのは、そうそう鬼助さんがここへころがり込んで来なさる一月《ひとつき》くらい前だったから、もう半年になるかねえ」

「ころがり込んだなんざ人聞きの悪いこと言うねえ。来てもらったんだ」

「あゝ、そんな感じだったねえ」

市左が言ったのへお島は返し、

「あの二人が駆落ち者だってことは聞いていたけど、そのお妙《たえ》さんがきょういきなりさね。見つかったらしいって、大慌てになっていたのさ」

「なに！　きょう？　いつ時分だ」

「ついさっきさ。帰りがけにのぞいたのだから」

「それで見つかったと慌てていたって？　お妙さんてのかい、その駆落ち者の片割れは」

「そう。どこかの旅籠《はたご》の奉公人で、包丁人と女中さんだったのが、いい仲になって手に手を……」

「おっと、そんなのはどうだっていい。夜逃げは今夜だ！　兄イ」

「おう」

言うなり市左は腰を上げ、鬼助も見倒屋稼業が板についたせいか、すぐさまそれにつづいた。

「で、お島さん。その、なんだ……」

「男のほうかい。由蔵《よしぞう》さんといって、そうそう、市左さんとおなじで三十路《みそじ》くらいかねえ。お妙さんも二十歳《はたち》は越していそうだけど」

縁側に立って訊《き》く市左に、お島は自分の見立てを言った。お島は鬼助とおなじ三十五歳の大年増《おおどしま》で色は浅黒く、毎日商売道具の縦長の行李《こうり》を背負って町々を歩き、丈夫そのものの女だ。

「だから、そんなのはどうだっていい。その由蔵とお妙の所帯よ、家財はあるかい。つまりだ、布団に枕屏風《まくらびょうぶ》に鍋《なべ》、釜《かま》、桶《おけ》に水瓶《みずがめ》ってえ類《たぐい》よ。包丁やまな板もだ」

「あゝ、住みついて半年さ。一応はそろっているみたいだけど」

「おう、兄イ。大八車だ。行きやすぜ」

「よし、分かった」

言うなり縁側を玄関のほうへ足音を立てる市左と鬼助にお島は、

「あゝ、ちょいと。戸締りはどうすんのさ」

「お茶を飲み終わったら縁側の雨戸、閉めておいてくんねえ」

「んもう、あたしゃここのおさんどんじゃないんだからね」

言いながらもお茶をぐいと飲み、縁側に上がり込んだ。町々で客種《きゃくだね》を見つけて市左に知らせ、うまく買付けができればいくらかの割前《わりまえ》がもらえる。留守宅の雨戸を閉めるくらい、お安いご用だ。

この間にも、仕事から戻って来た大工や左官たちが、

「おや、お島さん。きょうは雨戸閉めの手伝いかい」

「そんなの、金にはなるめえよ」

と、声をかけ、

「なあに、コトのついでさね」

お島は返していた。

市左たちの棲家が百軒長屋の出入り口とあっては住人の出入りも多く、縁側から一番手前のお島の長屋も見え、泥棒に入られる心配はない。だが市左が戸締りにうるさ

いのは、物置にしている部屋には常に買付けた品が積み上げられ、コソ泥が入ればけっこう効率のいい仕事ができるからだ。

市左は玄関の雨戸を閉め、内側の小桟《こざる》がコトリと落ちるのを確認すると、

「さあ、兄イ。行きやすぜ」

「おう」

と、大八車の轅《くびき》に入って走りはじめ、その横で伴走するように鬼助もつづいた。二人はいつも、敏捷《びんしょう》に動きやすい職人姿である。

縁側ではお島が最後の雨戸を外から閉め、小桟の音を確認したところだった。

玄関も縁側も雨戸を閉めれば自然に小桟は落ちる。外から開けるには、ある一箇所のわずかなすき間にへらを差し込んで開ける仕掛けになっている。

雨戸を閉め終えたお島が縦長の行李を背に、奥の長屋に帰ろうとしたときだった。

「あのう、もし」

背後から声をかけられた。

ふり返ると、

「奥のお長屋のお人でござんしょうか」

いくらか年行《としゆ》きを重ねた、着物を尻端折《しりはしより》にした男がお島に近寄って来て、

「ここの鬼助さんはまだお帰りじゃございませんでしょうか」

と、鄭重に訊《き》いた。

『鬼助さんなら、さっき仕事に……』

お島はのどまで出た言葉を呑み込んだ。相手の素性が分からない。これから仕事などと言えば、どう思われるか知れたものではない。この男もさっき鬼助たちの大八車の音を聞いたであろう。走って呼びとめられるかもしれないが、

「はい、まだのようですが」

気を利かせたつもりで言った。

「ならば言付《ことづ》けをお頼みしたいのでやすが」

「よござんすよ」

男は鄭重《ていちょう》だ。

「ありがとうございやす。あっしは両国広小路《りょうごくひろこうじ》の米沢町《よねざわちょう》の八百屋でござんすが、町内の旦那が鬼助さんにあした朝早くに来てくれろと、それも中間《ちゅうげん》の紺看板《こんかんばん》に梵天帯《ぼんてんおび》でと、そうお伝えくださいやし」

「米沢町の旦那？」

「へえ。そう言ってもらえれば分かりやす」

と、それだけで男はきびすを返した。

市左と鬼助は神田の大通りに出た。

それは日本橋から神田川に架かる筋違御門《すじかいごもん》の火除地《ひよけち》の広場まで、南北に十四丁（およそ一・五粁《キロ》）ほどにわたってほぼ直線に延びている。通りの日本橋寄りに大伝馬《おおでんま》町《ちょう》と小伝馬町《こでんまちょう》を経る二筋の大通りが東西に両国広小路まで、これも十四丁ほどにわたってほぼ並行して延びており、百軒長屋と鬼助たちの棲家は、大伝馬町と小伝馬町のちょうど境目にある。百軒長屋といっても、長屋が百軒もつながっているのではなく、五軒長屋や六軒長屋が密集している地帯の総称である。

お島の言った須田町は、筋違御門の火除地広場の手前に広がる町場だ。

神田の大通りに出たとき、ちょうど陽が落ちようとしていた。この時分はどこの大通りでも、明るい内にと往来人は足を速め、大八車も荷馬もさきを急ぎ、一日で最も慌ただしくなる時間帯である。道の脇では屋台の蕎麦屋《そばや》などが出はじめている。

そのようななかにカラの大八車が急いでいても奇異ではなく、むしろ周囲の雰囲気に溶け込んでいる。

「市左どん。駆落ちの二人は、旅籠の包丁人と女中というが、よほど好《す》き合《お》うたんだろうなあ。見つかれば引き裂かれる事情でもあるのかなあ」

「さあ、どうでやしょう。この稼業は、相手の事情に興味を持たねえことでさあ。いろいろ聞くと、情が出て商いに障《さわ》りやすからねえ」

話しながら、二人はなかば駈け足になっている。見倒屋は、駆落ちも夜逃げも、逃げ出す寸前に声をかけるのがコツである。

須田町にさしかかった。

陽はすでに落ち、あたりは徐々に暗くなりかけ、大通りの慌ただしさも消えようとしていた。

二人のふところには提灯《ちょうちん》が入っている。見倒屋には商《あきな》いの必需品だ。鬼助は当初、現場で借金取りや探索の者たちと出くわした場合にそなえ、脇差《わきざし》を腰に差して行こうとしたが、

「――目立つ喧嘩は避けなきゃならねえ。刃物なんぞ持って行ったら、つい使いたくなって商いのじゃまになるだけでさあ」

と、市左にたしなめられ、

（商いとはそういうものか）

と、いまは無腰で出て来ている。

「――兄イは、木刀もいけやせんぜ」

市左は言ったものだった。中間《ちゅうげん》に木刀はつき物で、しかも鬼助は堀部安兵衛《やすべえ》から剣術の手ほどきを受けている。鬼助の木刀は手練《てだれ》の武士と立ち合っても引けをとらず、やくざ者ならたちどころに数人を叩きのめす威力がある。

無腰で大八車は枝道へ入った。飲食の店が軒提灯《のきちょうちん》を出しはじめている。

お島の言った長屋は、大通りからかなり奥に入り、夕刻を過ぎれば住人以外は通らなくなるような所で、さらに角を曲がった路地奥にある。

「ちょいと見て来まさあ」

市左は角の手前で足をとめると、軛《くびき》から出て長屋の路地に走り込んだ。すでにうしろ姿が黒い影にしか見えなくなっている。

すぐに出て来た。

「明かりがありまさあ。なにやら動きのある気配で……行きやしょう」

声を低め、ふたたび路地に向かったのへ鬼助もつづいた。

明かりのある腰高障子を軽く叩いた。五軒長屋の手前から二つめの部屋だ。

室内の動きが、不意に止まったようだ。緊張している気配がうかがえる。

「怪しい者じゃござんせん。小間物屋のお島さんから事情は聞きやした。へい、お助け屋でございます。他人《ひと》は見倒屋などと呼んでおりやすが」

「えっ、お島さんから？　ちょっと待ってくださいな」

女の声だ。中の緊張の溶けたのが感じられる。お島の名を出したせいだろう。

二

腰高障子が開いた。

中に立っているのは由蔵だろう。ふっくらとした、肉付きのいい男で、隠れ住んでいるようには見えない。

「お島さんなら存じておりまさあ。さようですかい、あんたがたが見倒屋さんで」

「そういやあ、お島さん、言っていました。そんな商いがあるって」

男のうしろから言ったのは、若い女だった。これもふっくら型の丸顔で、いくらか色っぽさがある。

行灯《あんどん》の灯りに、市左はすばやく部屋の中を値踏《ねぶ》みした。なるほどお島の言ったとおり、引っ越しの準備というより、持ち出せるものをまとめているといった風情だ。それに、ここへは着の身着のままで逃げて来たというか、越して来てからまだ半年のせいか、行灯もそうだが部屋の隅の枕屏風もその奥の夜具も、新品ではないが米櫃《こめびつ》も鍋釜、包丁にまな板も、水桶も笊《ざる》もそう傷《いた》んではいない。柳原土手《やなぎわらどて》の古道具屋あたりから、相当吟味して買ってきたのだろうが、六畳一間に畳ではなく板間に莚《むしろ》敷きの長屋の部屋には、ちぐはぐな感じがしないわけでもない。

（これならそう買い叩かなくても、いくらかはずんでもいいな）

市左は内心算段し、四人が狭い土間に立ったまま、話し合いが始まった。いずれも外に洩れないように、ひそひそ声だ。

「由蔵さんとお妙さんでやすね。お島さんから、こちらさんに切羽詰まった事情ができなすったようだと聞いたもんで、なにか役に立てることはないかと、へえ、さっそく参上した次第で」

市左は腰を低くしている。腰を低くするのは、いざ値の交渉となったとき、粘りを見せるための準備だ。最初から駆落ち者や夜逃げの者へ高飛車に出たなら、相手を委縮させると同時に警戒もさせ、まとまる話もまとまらなくなる。

だが、ようすが違った。

由蔵とお妙が、市左たちの前で相談しはじめた。

「おまえさん、頼んでみるのもいいじゃないか。お島さんの知っている人なら、まったくの他人でもないし。ましてそれが商いなら」

「そうだなあ。ばらばらにするよりいいか」

なんの話か分からないが、まとまったようだ。それにしても、予測したような寸刻を争う雰囲気ではない。逃げようとしていることに間違いはなさそうだが、きょう一日か二日くらいの余裕はありそうに見える。

逆に由蔵が、市左と鬼助を値踏みするように見つめ、

「二人で来なすったかい」

「へえ。荷が多かったときの用意でさあ」

鬼助が応えたのへ由蔵は、

「そいつはいいや。大八車一杯分はあるぜ」

と、なるほど簞笥《たんす》こそないが、明かりも油皿ではなくかさばる行灯などを使っているのだから、布団を入れれば大八車一杯分にはなりそうだ。

由蔵とお妙は、それらを買い取るのではなく、暫時《ざんじ》預かって欲しいというのだ。

「そりゃあもちろん、運び代に預かり料は払いますよ」

お妙が言えば由蔵も、

「ま、長くてせいぜい四、五日だ。なあに、俺たちゃ包丁人と仲居で仕事は見つけや

すいし、すでに心当たりはあるんだ。引き取る日が来たら、俺のほうからつなぎを取るから、そのときまた荷を運んでくれればいい」

など と、自信ありげに言う。

二人は家財を長屋の住人たちに分散して預け、後日引き取りに来ようかと算段していたらしい。元の住いの長屋に分散などすれば、追手が来たとき、秘密を保つのは難しい。見倒屋一箇所に預けたほうがはるかに安全だ。それに、見倒屋に引き取らせても預かってもらったなど、誰も思わないだろう。つまり、行く先も分からなくなるという寸法だ。

「よござんす」

市左は言うと、すぐ横の腰高障子を顎《あご》でしゃくった。戸の外に、数人の人の気配を感じたのだ。気配というより、それらはなにやらぼそぼそと話している。追跡の者ではない。由蔵もそれを感じたか、外に向かって、

「へい、ご心配《しんぺえ》ありがとうございやす。小間物屋のお島さんの知ってなさる見倒屋さんで、ご安心くだせえ」

言うと、

「ほう、そうか。おまえたちが見つかって脅されているのかと心配したぞ」

腰高障子を開け、言ったのはとなりの部屋の浪人者だった。月代《さかやき》を伸ばした百日髷《ひゃくにちまげ》が板についているところから、浪人暮らしの相当長いことが看《み》て取れる。

ほかにも長屋の住人の顔がならんでいる。いずれも心配げな表情で中をのぞき込もうとしているのが、暗くなったなかにも分かる。

「由蔵どんたち、やっぱり今夜中に逃げるかね」

「それで見倒屋を呼びなさったか。急ぎなせえ」

「そう。あたしら、誰が来たって、なんにも知らないって言っておくから」

と、長屋の住人たちはたとえ半年であっても、おなじ屋根の下で暮らせば家族か、浪人も刀を手に出て来ているところから、揉み合いになるような相手なら助けるつもりでようすをうかがっていたようだ。

「はい、皆さまがた、よろしゅうお願いいたします」

お妙は土間から深く頭を下げた。

「へえ、あとはお任せくださいまし」

と、市左も辞を低くし、腰高障子を閉めた。これから手間賃の交渉である。

住人たちは安心したように、腰高障子の前から散ったようだ。

ここで市左は攻勢に出た。これも商いのコツであろう。

「よござんすがねえ、理由《わけ》を聞かせてもらいやせんか。話はそれからだ」

「そうだ。おめえさんがた、どこから来なすって、これから行く先は？　アテがあるだけじゃ信用できねえぜ」

これまで脇役だった鬼助も口を入れた。鬼助はすでに、由蔵とお妙に胡散臭《うさんくさ》さを感じはじめている。

「おっと、あっしらのことは……」

由蔵は鬼助の問いをさえぎるように言った。

「お島さんから聞いていなさらねえので？　それ以上の深《ふけ》え詮索はしねえでもらいてえ。それを、あっしらへの慈悲《じひ》だと思ってくだせえ」

もっともな言い分である。駆落ち者なら初対面の者に、来《こ》し方《かた》や行き先は話したくないだろう。由蔵がにわかに低姿勢になったのを市左は見逃さず、鬼助に向かい、

「兄イ、売掛じゃねえので、そこは聞かねえことにしやしょう」

言うとすぐ目線を由蔵に向け、

「だがよ、あんたら、家財を預かるのはいいが、期限は切らせてもらいやすぜ。それを過ぎたらこっちで勝手にさばいてよいってことで。それに、今夜中に運ぶか、あした昼間でもいいかってこともよう」

「たぶん、追手はなんとか撒《ま》いたので、いますぐにも人数をそろえ、打込んでくることはないと思います」

お妙が言ったのへ市左は、

「あしたでもいいってことですかい」

「いや、せっかく来てもらったことだし、きょう持って行ってくだせえ。すでにここが知られていて、あしたの朝にも打込んで来ねえとも限らねえ」

由蔵の言葉にさっそく値の交渉に入ったが、なんと言い値をすんなり飲んだ。これには鬼助も拍子抜けし、

（こやつら、俺たちに口止め料をはずんだつもりでいやがるのか）

と、思ったほどである。

その短い交渉のなかに、お妙は不安のもとを話した。

きょう午《ひる》をいくらかまわった時分、筋違御門前の火除地で、以前奉公していた旅籠に出入りのあった男とすれ違ったという。

筋違御門の火除地広場は、長さ十六丁（およそ一・八粁《キロ》）にもわたって板張りや葦《よし》簀《ず》張り、それに莚《むしろ》一枚、風呂敷一枚の古着屋や古道具屋のならぶ柳原土手とつながっており、昼間は屋台の蕎麦《そば》屋《や》や汁粉《しるこ》売り、大道芸人まで出てけっこうにぎわってい

て、そこですれ違ったというのだ。

お妙は慌てることなく、さりげなくやり過ごし、このことをすぐ近くにいた由蔵に知らせた。

由蔵とお妙をお島が、

「――駆落ちの二人が健気《けなげ》ですよう。お妙さんは火除地の茶店で働き、由蔵さんはそこに近い台屋《だいや》で包丁を握っているのだから」

と、言っていたとおり、お妙は毎日人出の多い火除地広場と柳原土手に出ているのだから、以前の知り人《しりびと》と出会っても不思議はない。台屋とは惣菜を売る、仕出し屋のことである。

そのあとお妙は尾《つ》ける者を撒くように人混みにまぎれてから茶店に帰り、それで二人とも早めに仕事を切り上げ、須田町の長屋に戻って来たという次第らしい。二人とも仮病でも使ったのだろう。

そこで長屋の周囲に〝不審〟な者がうろついていないか、また長屋の者に怪しい者がたずねて来なかったかと聞き込みを入れているところへ、お島が長屋の路地へ商いに入り、話を聞いたという次第だった。

辻褄《つじつま》は合っており、怪しい人影がなければいますぐ逃げ出すこともなく、念のためを考慮しても、一日くらいの余裕があるのもうなずける。

家財をつぎつぎと大八車に積み込むのを、長屋の住人も出て来て手伝い、提灯で足元を照らす者もいた。

部屋の中に残るのが竈《かまど》の灰だけとなったとき、

「こんどは見つからない土地《ところ》で暮らすんだよ」

「行くアテがあるなら安心だ。どこかは聞かねえ。包丁人の腕がありゃあ、どこでだって喰っていける。さあ、早く行きなせえ」

と、小さな風呂敷包みだけを大事そうにふところにした由蔵とお妙を、長屋の住人たちは急《せ》かした。一同は、健気な若い駆落ち夫婦に同情的である。

「へえ、お世話になりやした」

二人は提灯を手にふかぶかと頭を下げ、半年おなじ屋根の下に暮らした住人たちの励ましを背に、すっかり暗くなった町角に消えた。

「それじゃお長屋の衆、荷はあっしらが慥《しか》と預かりやすので、あとはよろしゅう」

と、市左が大八車の軛に入り、鬼助がうしろを押そうとしたとき、

「あぁ、ちょっと待て」

と、最初に声をかけてきた浪人が呼びとめた。浪人はさっきから、市左と鬼助にな

にやら話したそうなそぶりだった。

「へえ、旦那。なんでやしょう」

軛のなかから市左はふり返った。

「おまえたち、買取りだけでなく、荷運びもするのだなあ」

「もちろんでさあ。いまやっているじゃござんせんかい」

市左が返したのへ浪人は、

「実はな、わしもここ二、三日で引っ越すことになっておる。いらぬ物は引き取り、運ぶ物があれば運んでもらいたいのだ」

その言葉に、見送りに出ていた住人たちはうなずきを見せている。夜逃げではなさそうだ。

「だったら、部屋だけさきに見させてもらいやしょうかい」

と、市左は軛を下に下ろした。

「そうか、こっちだ」

浪人は案内し、住人たちもついて来た。空き部屋になったとなりの部屋だった。

鬼助と一緒に二張《ふたはり》の提灯をかざしても、雑然としてすべてがくたびれた感じで、ろくな物はなさそうだ。

市左のそんなようすを覚《さと》ったか、

「いやあ、わしは加瀬充之介《かせみつのすけ》といってな。親の代からの浪人暮らしで、これといった家財はないが、こたび、さる高家《こうけ》に仕官ではないが、住込みで奉公することになってのう」

提灯を手について来た住人からも、

「そうよ。ともかく旦那もひと安心でさあ」

声が出た。なるほど親の代からの浪人とあっては町場暮らしに慣れ、住人とうまくやっているようだ。歳なら四十がらみに見えた。

鬼助は提灯で室内を照らしながら、

（武士が仕官ではなく、住込みとは奇妙な）

と、疑問に思い、さらに〝武家〟ではなく〝高家〟と言ったのも気になり、

「荷運びと申しやしても、江戸を離れていずれかの藩までじゃ困りやすが、どちらのお屋敷へ？」

「いや、遠くではない。外濠《そとぼり》の内側でな、すぐ近くだ」

「えっ、それじゃお大名家かお旗本でも高禄な。どちらでござんしょう」

「それは、運ぶときに言おう」

加瀬充之介が返答をはぐらかしたのへ、住人のなかから、

「吉良《きら》さまのお屋敷だよう」

「ま、当面の食い扶持《ぶち》にありつけたのだから、めでてえやな」

声が出た。

「うおっほん。ま、そんなところだ」

加瀬充之介は咳払いをして応えた。巷間《こうかん》では浅野内匠頭《たくみのかみ》の切腹以来、なんのお咎《とが》めもなかった吉良上野介《こうずけのすけ》の評判は逆に落ちている。そのうしろめたさがあって、加瀬充之介は言葉を濁したのだろう。

さらに、吉良家では旧浅野家臣の報復を警戒し、家臣だけでは足りず用心に浪人を雇いはじめたとのうわさもながれており、鬼助も幾度か耳にした。

(それの一人が、この浪人さんか)

脳裡に浮かべ、問いを入れた。

「へぇえ、吉良さんへ。で、荷運びはいつでござんしょう」

「近いうちだ。二、三日後にまた来い。そのときには日にちも決まっていよう」

「へい、分かりやした。そのころまた参《めえ》りやす。さあ、兄イ。行きやすぜ」

市左が応え、鬼助をうながした。加瀬充之介の部屋ではそう商いにはならないとみ

ようだ。それよりも市左は、鬼助が堀部安兵衛に心酔しているのを知っている。ここでひと悶着起きるのを心配したようだ。

「おう」

鬼助はおとなしく従った。このときすでに鬼助の脳裡には、

（吉良邸に入ってみてえ）

思いが渦巻いていた。

「お妙さんたちの家財、しっかり預かってやんなさいねえ」

と、長屋の住人たちの声を背に、大八車は夜の枝道に音を立てた。

暗い大通りに出た。

静まり返った両脇に家々の輪郭がつづき、昼間よりも広く感じられる。遠くにぽつりと見えるのは屋台の蕎麦屋か、近くには鬼助と市左の持つ提灯以外に灯りはなく、大八車の車輪の音のみがことさら大きく聞こえる。うしろから押していた鬼助は前に出て市左とならび、轅《ながえ》に手をかけ一緒に引っぱっている。夜であれば、他人《ひと》に聞かれる心配はない。

「市どん、みょうに感じなかったかい」

「となりの加瀬とかいう浪人さんが、吉良さまの用心棒に行くって話かい。この偶然

にゃあ驚きやしたぜ」

「いや、それじゃねえ。由蔵とお妙さ」

「えっ？　みょうなって、健気な若え駆落ち者《もん》じゃござんせんかい」

「そう思うかい」

「なにかおかしなところでも？」

闇のなかに低声《こごえ》は車輪の音に消され、すれ違う者がいたとしても、なにを話しているか分からないだろう。歩を進めながら、話はさらにつづいた。

「おかしなところだらけだぜ。そもそもだ、包丁人と仲居の間柄で、なんで駆落ちしなきゃならねえ理由《わけ》があるんでえ。手順さえ踏みゃあ、まわりからお祝いされるのじゃねえのかい」

「あ、そういやあそうだ。だがよ……」

暗いなかに、車輪の音ばかりが響いている。

「どちらか一方に染《そ》まぬ許婚《いいなずけ》がいて、それでやむなくってこともあるぜ」

「そうだとしてもだ、おめえの言い値をすんなり呑んだり、これから夜逃げをしようってときによ、アテがあるにせよあの余裕っぷりはいってえなんなんでえ。それにきわめつけは、野郎が〝深え詮索はしねえでもらいてえ〟などとぬかしやがったことよ。

なにか知られたくねえ事情があるとしかみえねえぜ」

「あ、そういやあ……。おっと」

車輪が大きな石にでも乗り上げたか、重みが増してゴトリと音がした。

「だがよ、あいつら駆落ち者だ。前の奉公先もこれから行く先も言いたくねえのが、人情かもしれねえぜ」

「長屋の人らにもかい」

「あっ、兄イ。小谷《こたに》の旦那から御用の手札《てふだ》をもらっているから、そんなこと言ってんじゃねえのかい」

「いいや。ともかくおかしなところがありすぎらあ。おっと、小伝馬町の通りだ」

大八車は角を曲がった。屋台も出ておらず、灯りは大八車の提灯のみとなった。

「それにしてもよ、吉良の屋敷が出てきたのにゃあ、ぶっ魂消《たまげ》やしたぜ。兄イが脇差でも持っていりゃあ、斬りかかるんじゃねえかって」

「ふふふ、そんな脳のないことはしねえ。ともかくおもしれえじゃねえか。大八を牽いて吉良邸に入《へえ》ってみてえ。なにが見られるか、お楽しみだ」

不敵な嗤《わら》いを、鬼助は提灯の灯りに見せた。

棲家はつぎの角を曲がったところだ。

仕事で帰りが遅くなったときは、朝寝坊すればいい。そこが見倒屋稼業のいいところだが、

三

――ドンドンドン

朝から路地に面した雨戸を叩く音に、

「誰でえ。こんなに早くからよう」

と、二人とも目を覚まされた。

「あたしよう。きのうは商いになったかえ。割前ははずんでおくれよね」

「なんでえ、お島さんかい。それなら夕方帰《けえ》ってからにしてくんねえ」

市左が言ったのへ、雨戸の外の声は、

「そうじゃないんだよう。きのうあんたたちが出たすぐあとさ。両国広小路の米沢町の八百屋さんてのが来てさ」

「なに！　両国広小路の米沢町！」

鬼助は飛び起きた。鬼助にとって両国広小路の米沢町といえば、堀部弥兵衛《やへえ》の浪宅

しかない。そこに安兵衛もいる。明かりがすき間から射している縁側に、急ぎ出て雨戸を勢いよく開けた。夜着の前がはだけて下帯が見えている。

「なんですねえ、そのかっこうは」

顔をそむけるお島の前で、縁側に立ったまま鬼助は身づくろいをし、

「八百屋と言ったなあ」

お島は姐さんかぶりに着物の裾の前をちょいとたくし上げて帯にはさみ、背に商売道具の行李《こうり》を背負っている。陽はとっくに昇り、これから商いに出かけるついでに雨戸を叩いたようだ。

「あゝ、言いましたよう。旦那の遣《つか》いで来たって。そう言やあ分かるって」

「あゝ、分かる、分かる。で、用件はなんでえ」

鬼助の眠気はすでに吹き飛んでいる。

「きょう朝早くに来てくれってさ。それも紺看板に梵天帯でさあ。あんたの中間《ちゅうげん》衣装さ、持っているだろう。あれさね」

「なんだって！　朝早くに。なんでそれを早く言わねえ」

「いま言ってるじゃないか」

「うむ。中間姿でだな」

「そうさ。ちゃんと言ったからね。きのうの商いの話は、帰ってから聞くよ」

お島の声を背に鬼助は部屋に飛び込み、さっそく着替えにかかった。

「兄イ、堀部の旦那かい。俺も行こうか」

「うるせえ。間に合うかい」

市左に返したとき、鬼助はもう紺看板に梵天帯を締め、奥の台所で顔にバシャリと水音を立てていた。

ふたたび縁側に大きな足音を立てたとき、もう腰の背に木刀を差していた。

「えぇい、玄関の雨戸、まだだったかい」

じれったそうに言いながら雪駄《せった》をつっかけ、玄関にも大きな音を立てた。

「兄イよう、待ってくれよう」

市左が夜着のまま玄関に走り出たとき、開け放したままの玄関から、鬼助の姿はもう見えなかった。

大伝馬町の通りに出ると、鬼助は走った。すでに町場の一日は始まっている。もう〝朝早くに〟ではない。道行く者が慌てて道を開ける。向かいから来た大八車とぶつかりそうになり、

「おっとっと」

「すまねえ、急いでるもんで」

たくみに軛の向きを変えた人足に鬼助は声をかけ、走った。

両国広小路も、さすがに芝居小屋や見世物小屋はまだ開いていないものの、人も出ておれば荷馬や大八車も行き交っている。

米沢町は広小路に面した町である。その枝道に駈け込んだ。小ぢんまりと板塀に囲まれた家作だ。浅野家断絶までは隠居していた堀部弥兵衛の隠宅《いんたく》だったのが、いまは娘夫婦の安兵衛と幸《さち》がころがり込んで来て、浪人となった堀部家の浪宅《ろうたく》となっている。板塀の門は開いており、狭い庭に飛び込むなり母屋の脇を通って裏庭に入り、

「鬼助、ただいま参上いたしました！」

裏庭に片膝をつき、縁側越しに大きな声を入れた。

「おおう、来たか。待っておったぞ」

と、裏庭に面した居間から声をかけたのは、元武具奉行ですでに五十六歳と老齢の域に入っている奥田孫太夫《おくだまごだゆう》だった。声とともに明かり取りの障子が開けられた。

居間には弥兵衛と安兵衛、孫太夫のほかに高田郡兵衛《たかだぐんべえ》の顔もあった。安兵衛とおなじ馬廻《うままわり》役で年齢も近く、二人は気が合った。

「――殿のご遺志を奉じ、即刻吉良を討つべし」

と、旧家臣のなかでも、この二人が最も急先鋒だった。

郡兵衛の顔がそこにそろっていることに鬼助は、

(えっ、まさかこれから吉良邸へ!)

一瞬、思ったほどだ。違った。しかし、話はそれに類するものだった。

安兵衛が庭に声をかけた。

「そう固くならずともよい。さあ、縁側に座って茶でも飲め。これ幸、鬼助にお茶を。相当走って来たようじゃ」

奥にも声を入れると、すぐに幸が、

「さあ、鬼助。遠慮のう」

と、盆に湯飲みを載せ、縁側に出て来た。主筋の奥方に茶を出されるなど、恐縮する以外にない。しかもきょうはかつての中間姿で来ている。

「はーっ」

と、言われるまま鬼助は縁側に腰を据え、おそるおそるといった態《てい》で、乾いた喉を湿らせた。武家の作法では、これが限界である。紺看板に梵天帯の中間では、士分の者とおなじ座に着くことはできない。浪宅とはいえ、堀部家では武家の体面を保っており、鬼助もそれを解している。

(安兵衛さまご一同が、本懐を遂げられるまで)

奉公を離れても、心中では堀部家の中間でありつづけている。だから米沢町に来ても玄関に訪《おとな》いを入れず、勝手知った裏庭にまわったのである。

弥兵衛が皺枯《しわが》れた声で言った。

「これからのう、奥田どのたちが赤坂の南部坂《なんぶざか》に参る。一応、かたちをととのえるためにも、おまえにも同道してもらおうと思うてのう」

「えぇっ、南部坂に！」

鬼助は思わず、湯飲みを盆に置こうとしていた手をとめた。そこに鬼助は一度行ったことがある。三次《みよし》浅野家の下屋敷で、そのとき鬼助は庭先で戸田局《とだのつぼね》と言葉も交わした。いまは瑤泉院《ようぜいいん》と名をあらためた内匠頭の奥方の実家である。旧赤穂藩士が〝南部坂に〟といえば、そこに住まう瑤泉院を訪ねることである。

鬼助は自分の役務を解した。旧家臣が瑤泉院に拝謁する。ふらりと訪れるわけにはいかない。供を連れた、武士のかたちが必要だ。

弥兵衛がまた言った。

「ほれ、磯幸《いそさち》にいる奈美《なみ》から戸田につなぎをとらせ、ようやく瑤泉院さまからきょうの時間をいただいてのう。磯幸の女将《おかみ》はわしらの心情をよう解してくれていて、奈美がわしらのために動けるのもそのおかげだ。ありがたいことじゃ」

戸田局は浅野家では奥方付きの腰元で、奈美はその戸田局付きの腰元だった。いま奈美は浅野家奥方御用達《ごようたし》だった日本橋の海鮮割烹《かっぽう》磯幸に、仲居たちの行儀作法指南と女将の娘の教育方として入っている。

「あゝ。奈美さんの」

鬼助は口ではさらりと返したが、内心はドキリとするものがあった。上屋敷明け渡しのどさくさに消えた安兵衛愛用の朱鞘《あかさや》の大刀を鬼助が探索したときも、元浅野家足軽の娘多恵《たえ》が悪徳女衒《ぜげん》に騙され売られそうになったのを救出したときも、側面から鬼助を支え、力となったのは奈美だった。それだけではない。ことし二十三歳と若く美しい奈美の名を聞くたびに、鬼助の心ノ臓は高鳴っていた。

「さあ、それではおのおのがた、参りましょうぞ。幸、あれを鬼助に」

「はい」

安兵衛が一同をうながし、言われた幸は、縁側に用意してあった、持合《もちあい》四ツ目結《むすび》の家紋が入った挟箱《はさみばこ》を、鬼助のほうへ動かした。

「ははーっ」

また恐縮の態でそれを肩に担ぎ、おもてのほうにまわった。

三次浅野家の下屋敷に行くのは安兵衛と奥田孫太夫、高田郡兵衛の三人だった。いずれもきちりと羽織・袴《はかま》を着け、月代《さかやき》を剃った髷《まげ》も見苦しくない。武士三人に中間一人とはいかにも寂しいが、一人でも挟箱を担いだ中間がついておれば、武士がふらりと町に出たのではなく〝公用〟のかたちを取っていることになる。

弥兵衛が玄関まで見送り、

「それでは奥田どの、くれぐれも頼みましたぞ。これ郡兵衛に安兵衛、瑤泉院さまを困惑させるような無礼は断じて慎《つつし》むのじゃぞ」

念を押すように言ったのへ郡兵衛が、

「なあに弥兵衛さま。心得ておりますわい。わしらはただ、ご城代の出府をうながしていただくよう願い上げるのみにて、そう急《せ》いたことは申しませぬ」

と、逸《はや》る気持ちを抑えるように返した。

「弥兵衛どの。わしがついておるで、ご懸念めされるな」

孫太夫がつづけた。

これまでも旧家臣のあいだで紛糾《ふんきゆう》のあったのは鬼助も知っている。年の功で分別もある弥兵衛が最も恐れているのが、江戸在府の性急な者たちが瑤泉院から〝早くいたせ〟との言質《げんち》をとろうとすることである。そうなれば、弥兵衛は大石内蔵助《おおいしくらのすけ》と連携して江戸在府の者をまとめ、行動を一つにすることができなくなるだろう。

玄関先での短いやりとりから、鬼助はきょうの目的を覚《さと》った。段取りをつけたのは弥兵衛であり、最も血気盛んな安兵衛と郡兵衛を瑤泉院の許《もと》に遣《つか》わし、弥兵衛と同様に分別のある孫太夫をお目付役につける。派遣の目的は、瑤泉院に大石内蔵助の江戸出府をうながしていただくことである。

城代家老であった大石内蔵助が赤穂《あこう》を引き払ったあと江戸に出て来るのではなく、京の山科《やましな》に浪宅を構えて落ち着いてしまったことは、鬼助も米沢町の庭掃除に来たとき、安兵衛から聞かされ知っている。

いつだったか、裏庭を掃いていると安兵衛が縁側に出てきて、

「――なんということだ、けしからん。けしからんぞ」

と、一人で憤懣やる方ないといった風情《ふぜい》でつぶやいていたのだ。それが大石内蔵助の山科〝安住〟だった。江戸の急進派が大石抜きで事を挙げる素地はここにあったのだ。そこへ安兵衛と郡兵衛を瑤泉院の許へ、大石の江戸出府をうながす使者として遣わす……弥兵衛にすれば、危険をともなう策であった。

磯幸の奈美も、瑤泉院についている戸田局も、おそらく弥兵衛の意を汲んで動いたことだろう。そこにおける奥田孫太夫の役務は大きい。その一行に〝公用〟のかたち

を整えるため随行する鬼助の存在もまた大きい。

鬼助は話したかった。ここ二、三日中に、呉服橋御門内の吉良邸に入る機会が来ることを……。だが、中間はあくまで中間であり、お供の途中に主筋へ意見具申めいたことを言上《ごんじょう》することなどできない。

「それでは、参ろうぞ」

孫太夫の声に一行はおもてに出て歩みはじめ、鬼助は挟箱を担ぎ、そのうしろに随《したが》った。

もし鬼助がそれを話したなら、安兵衛と郡兵衛は色めき立ち、きょうの瑤泉院拝謁の結果は、弥兵衛の懸念したとおりのものになったかもしれない。見倒屋の鬼助が荷運び屋として吉良邸に一度入ったなら、加瀬充之介なる浪人をとおし、その後も吉良邸に出入りし、邸内のようすを探ることができるのだ。

四

両国広小路から赤坂へ行くには、日本橋に出てから東海道を進み、ちょうど吉良邸のある呉服橋御門から外濠城内に入り、大名屋敷や高禄旗本の屋敷のならぶ往還を赤坂御門に抜けるのが近道になる。

日本橋の橋板を踏む下駄や大八車の響きが聞こえてきた。騒音といえばそれまでだが、日本橋に途切れることのないこの響きが、お江戸繁栄の象徴となっている。その日本橋の手前に海鮮割烹の磯幸が、暖簾とともに風格のある玄関門を構えている。

安兵衛が暖簾にちらと視線を投げ、

「ちょいと挨拶に寄って行きますか」

「いや、女将にお茶でもと引きとめられたなら、赤坂に着くのが遅れてしまう」

孫太夫はたしなめるように言い、あとは黙々と先頭に歩を進めた。きょうの差配は孫太夫なのだ。

このとき〝そうするか〟と暖簾をくぐっていたなら玄関口で、

『安兵衛さま、実は吉良邸では浪人を用心棒に雇い入れているようでして……』

と、話す機会はあっただろう。というより、鬼助はきっと話していた。

だが、安兵衛と孫太夫の短いやりとりだけで、一行は磯幸の前を素通りし、日本橋の橋板を踏んだ。

「ここから行くぞ」

と、孫太夫は日本橋南詰からすぐの枝道に入った。

それをまっすぐに進めば呉服橋御門である。入ればすぐ左手に吉良邸の正面門が見える。外濠の各城門は、昼間は浪人風体《ふうてい》や見るからに胡散臭い者以外は、お店者《たなもの》も行商人も職人も往来勝手で門番に誰何《すいか》されることはない。そうでなければ、外濠城内の各屋敷は日常が成り立たない。孫太夫たちは浪人ではあるが、身なりは羽織・袴をきちりと着けている。しかも、紺看板に梵天帯で挟箱を担いだお供をつれているとなれば、どこから見ても公務中の武士である。

(ここで話を)

鬼助は思った。

だが、

「さりげなく通るぞ」

孫太夫は下知《げじ》するように言い、安兵衛も郡兵衛も吉良邸には見向きもせず、悠然と通り過ぎた。

孫太夫の下知は正しかった。このところ吉良邸では警戒を厳にし、用心棒まで雇い入れようとしているのだ。警備の武士が屋敷の周囲で歩哨に立っているわけではないが、前を通ったとき鬼助も、豪勢な長屋門の物見窓《ものみまど》から、いくつもの視線を感じた。

ここでもし鬼助が安兵衛らに話しかけ、

『なにいっ』

と、足を止め吉良邸を睨んでいたなら、たちまち怪しい一行と目をつけられ、尾行がついたかもしれない。吉良家には縁戚の上杉《うえすぎ》家十五万石がついており、戦国以来の透波《すっぱ》（隠密）集団を抱えている。

櫺子窓《れんじまど》から外を窺《うかが》っている目のなかに透波がいたなら、一行の行き先を知られ、顔まで覚えられていたことだろう。鬼助も覚えられ、加瀬充之介の荷運びで屋敷内に入ればたちまち捕えられ、竹刀《しない》の音のなかに赤穂浪人との関わりを白状させられることになったかもしれない。

さらりと通り過ぎた。

最後尾の鬼助は挟箱を担いだまま、白壁の角をまがるたびに背後へ気を配った。

赤坂御門の内側が見えたとき、安兵衛が前を向いたまま、

「どうだ。尾《つ》いて来ておるか」

「気配はありませぬ」

鬼助も前を向いたまま応えた。吉良家の尾行である。長屋門の物見窓からは、なんら怪しまれなかったようだ。

赤坂御門を出た。

御門外は、片方に御三家《ごさんけ》の紀州徳川家《きしゅうとくがわ》の広大な上屋敷が広がり、もう一方には町家がひしめく繁華な町場になっている。その町場を抜けると様相は一変してふたたび閑静な武家地となり、そこに南部坂はある。一丁半（およそ百六十米《メートル》）ほどに及び、難歩坂《なんぶざか》ともいわれる湾曲した急な坂道である。赤坂御門から行けば坂上に出る。

一同はそこに立った。見るからに急な下り坂だ。

「雪の日などに来れば、ころがって収拾がつかなくなるだろうなあ」

孫太夫は独り言《ひとごと》のように言うと、にらむように視線を安兵衛と郡兵衛に向け、

「よいな。あくまでも瑤泉院さまには大石どのの出府をうながすのみにて、急《せ》くようなお言葉をいただこうなど、ゆめゆめ思うまいぞ」

「心得てござる」

「承知」

あらためて念を押すように言ったのへ、安兵衛と郡兵衛は短く応えた。

『さきほどの吉良邸でございますが』

挟箱を担いだまま、鬼助は言おうとした。米沢町を出てより、初めて得た立ち話の機会である。だが孫太夫は、

「さあ、行くぞ」

言うと三次浅野家の表門にさっさと歩を進め、

「お頼み申す」

と、脇の耳門《くぐりもん》をたたいた。鬼助はまたも機会を得られなかった。

話が通じてあったのか、すぐに母屋の正面玄関に案内され、戸田局が式台まで出て一行を迎えた。武家の作法で、お供はここまでである。瑤泉院とのやりとりを見たかったが、中間があるじと一緒に部屋に上がることなどできるはずがない。

鬼助は門番の詰所で、

（あとで話す機会はあるだろう）

思いながら待った。

拝謁は半刻（およそ一時間）ほどで終わった。屋敷の中間が知らせに来て、鬼助は玄関先で地に片膝をつき、中から出て来る三人を待った。

帰りは外濠城内を経ず、南部坂を下って東海道に近い町場への道を取った。孫太夫や郡兵衛が街道沿いの町場に塒《ねぐら》を置いているからだ。

鬼助は早く瑤泉院との話の内容を知りたかったが、訊くわけにはいかない。安兵衛たちも、仲間内だけの極秘を歩きながら話すはずがない。武家地でも町場でも、来たときと同様、三人はただ黙々と歩いている。そこに安兵衛と郡兵衛に興奮したようすはなく、孫太夫のうしろ姿にも安堵が見られた。

（大石内蔵助さまとやらの、江戸出府をうながす話だけだったようだな）

鬼助は予測しながらあとにつづいた。

日本橋を過ぎたころ、安兵衛と鬼助の二人だけとなった。

往還に落とす影が短く、午《ひる》をいくらか過ぎた時分だった。

日本橋の響きは朝通ったときに倍するものとなっている。これが一人で職人姿のときなら、日本橋に限らず繁華な町なら〝おっと、ご免よ〟と、互いに道を譲り合うことがよくある。考え事をしながら歩いていると、馬にだってぶつかりかねない。ところが安兵衛や弥兵衛のお供のときは、心置きなく悠然と歩を進めることができる。いかに人出の多いところでも、人はもちろん馬も大八車も町駕籠も道を開けてくれる。町人は除《よ》けるというよりも武士を避《さ》けているのだ。

日本橋の橋板を踏み、安兵衛がふり返った。

「磯幸はこの時分、書き入れ時で忙しいかのう」

と、かなり大きな声だ。大八車とすれ違ったのでは、並の声では聞こえない。

「おそらく」

鬼助も大きな声で返した。

「したが、早く知りたがっていよう。こたびの件には、尽力してくれたからなあ」

と、安兵衛もなかなか気の利くところがある。行きは素通りしたが帰りは寄って、奈美に瑤泉院への拝謁が無事終わったことを知らせてやろうというのだ。

安兵衛が玄関に訪《おとな》いを入れると女将が迎え、

「これは堀部さま。さあ、お上がりくださいまし」

「いや、客として来たのではない。奈美どのに、ちと話があってのう」

「さようでございますか。それならなおさら奥へ」

と、鬼助は安兵衛が玄関から奥へ案内されるのを見とどけると、挟箱を担いだまま裏手にまわった。これも武家の作法だ。中間があるじのお供で料亭などに行けば、出て来るまで外で待たなければならない。だがそこが磯幸なら、鬼助には勝手知った他人の家である。路地を入った裏手の、板塀から見越しの松がのぞいている勝手口に向かった。一度、定町廻り同心の小谷健一郎《こたにけんいちろう》を案内したとき、

「――盗賊があの枝につかまりゃあ、簡単に中へ入《へえ》れるな」

と、松の枝を見上げて言ったものだった。

（まだ伐《き》っていねえな）

などと思いながら勝手口の前に立つと、すぐに中から開いて、

「鬼助さん、ご苦労さまです。さ、中へ」

と、奈美が顔をのぞかせた。

来るたびに思うことだが、

(整っている)

美形できりりと締まった、奈美の容貌のことではない。庭である。勝手口に面した裏庭が、客の目に触れることはない。だが、見越しの松があるように、小ぢんまりと整っている。いつだったか、鬼助がその庭に目を瞠《みは》ったとき、

「――おもてでお客さまに見ていただく庭を造るには、こういうところの手入れも大事なんですよう」

女将がさらりと言ったのへ、

(――ほう、そんならこの小さな庭は、おもてに対する裏方さんてことかい)

と、鬼助は思ったものである。表を立てるには、目に見えない裏も大事だ。

奈美にいざなわれ屋内に上がり、襖《ふすま》を開けたのは客用の座敷ではなく、磯幸の私的な居間だった。安兵衛の朱鞘の探索のときも、この居間で同心の小谷健一郎をまじえ策を練ったものだった。市左も談合で入ったことがある。

玄関で安兵衛が〝奈美どのに、ちと話が〟と言ったことから、女将は〝浅野家に関

すること〟と察し、安兵衛をこの部屋に案内したのだった。

安兵衛も腰を据えたところだった。部屋に入って来た鬼助に安兵衛は、

「おう、きょうはご苦労さんだった。さあ、座れ」

と、気さくに手で畳を示した。

屋内に入ってしまえば、市井《しせい》の暮らしを知っている安兵衛のことである。武家の作法など、ただ面倒なだけとなる。奈美が加わっても、そこに変わりはない。秘めた存念は、すでに鬼助も奈美も同志なのだ。

「瑤泉院さまには、おやつれの感じられたのが痛ましかった」

と、そこに安兵衛が語った拝謁のようすは、やはり大石内蔵助の江戸出府を瑤泉院からも、うながしていただくということだけに終わったようだ。旧家臣団の秘めた存念については、瑤泉院がその成就を最も望んでいるのかもしれない。

「それはようございました」

と、奈美も安堵の表情になった。奈美も、安兵衛たちが急進的に走り出すのを懸念しているのだ。

昼の膳をはさみ、話が一段落したところで安兵衛は不意に、

「鬼助よ。おめえ、なにか話したいことがあるんじゃねえのかい」

と、やはり朝からの落ち着かないようすに、安兵衛は感じ取っていたようだ。

「それでございます」

待っていたように鬼助はひと膝まえにすり出た。

須田町の長屋へ見倒しに行き、加瀬充之介なる浪人が話しかけてきた場面から詳しく話した。吉良家の話が出たことに、安兵衛も奈美も固唾《かたず》を呑《の》んだ。話し終えると、

「まあ。浪人を用心棒に！」

奈美は驚きの声を上げ、

「おまえ、ならば呉服橋の、きょう前を通ったあの中に入れるというのだな！」

安兵衛はきょう初めて興奮したようすを見せ、おなじくひと膝まえにすり出た。

「はい。二、三日中には」

「ほう」

安兵衛はうなずき、

「鬼助、分かっているな。吉良邸に入ったなら」

「もちろん、分かっておりやす。できる限り見てめえりやす。それに用心棒は一人ということはあり得やせん。これを機にさらに手づるを見つけ」

「うーむ、鬼助。頼むぞ」

「したが、安兵衛さま。瑤泉院さまがご承知なされた大石さまの件……。決して違《たが》えぬようお願いいたしまする。急《せ》いては瑤泉院さまのお立場がなくなりまするゆえ」

もう吉良邸偵察が成ったように興奮する安兵衛に、奈美は懸念の言葉をかぶせた。

「分かっておる。分かっておるぞ、奈美どの。懸念は無用じゃ。さあ鬼助、帰るぞ。親父どのも俺たちの帰りを待っておいでじゃ」

「はっ」

安兵衛は急ぐように腰を上げ、鬼助もそれにつづいた。

奈美と女将が安兵衛を玄関まで見送り、鬼助はふたたび見越しの松がある勝手口からおもてにまわり、片膝をついて安兵衛の出て来るのを待った。外に対しては奇異に見られぬように、あくまで武家の作法どおりにしている。磯幸の女将は、話が浅野家のことになると便宜だけを提供し、あとは一切口を出さない。存念ある者にとって、まさしくありがたい存在である。

「急ぐぞ」

「はっ」

安兵衛は言うと袴の裾《すそ》をひるがえし、鬼助もなかば駈け足となった。

弥兵衛は待っていた。

鬼助は裏庭から縁側に上がって腰を据えた。

安兵衛の話に弥兵衛は、

「ふむ。それでよい。そうでなければならぬのじゃ」

と、安堵の表情になり、加瀬充之介なる浪人の件には、

「うーむむ」

やはり興奮したようなうめき声を上げ、

「安兵衛！　だからというて、早まってはならんぞ、断じて」

厳しい目を安兵衛に向けた。

五

鬼助が伝馬町の棲家に戻ったのは、陽が西の空にかなりかたむいた時分だった。市左が物置の部屋で首をかしげていた。安兵衛を急いで訪ねた理由《わけ》を訊くより、

「兄イ、見てみねえ。おかしいと思わねえかい」

きのう由蔵とお妙から預かった古着、古道具類へ顎をしゃくった。市左がいま首をかしげているのは、見倒しではなく、預かるだけだったという異常性よりも、預かっ

た古着、古道具類の品質だった。

「ほう、これは」

鬼助も目を瞠《みは》った。昨夜蠟燭《ろうそく》の灯りのなかでも〝そう傷んではいない〟と見たが、明るいところでじっくり見ると、布団から茶碗まで、ほとんどがふたたび柳原土手の古着屋や古道具屋にかなりの値でならべられる品ばかりだった。

「あいつら、ほんとうに着の身着の儘《まま》の駆落ち者だったのでやしょうかねえ」

「うーむ。この品々を見ると、晴れて新所帯を持った二人のようだなあ」

市左の疑念に鬼助は返し、

「それよりもよ、あのとなりの加瀬充之介たらいう浪人さんよ。あしたにでも行ってみるかい」

と、関心はそのほうにあった。

「ありゃあ、ちらと見ただけでも尾羽《おは》打ち枯らした部屋だったぜ。ろくなものはなかったし、しかも夜逃げじゃねえってんなら見倒しもできねえし」

と、関心は示さなかったものの、

「あっ、住み込むってえとこが吉良さまだ。兄イ！　そこが目的で？　きょう急いで安兵衛旦那のところへ走ったのって、それとなにか関連でも？」

「それ以上は訊くな。俺も細かくは知らねえ。ともかくあした、行ってみようぜ。引越しなら荷運びも請け負ってよう」

「あゝ。一応、大八車を牽いて行きやすかい」

「そうしよう」

話しているところへ縁側のほうから、

「市さん、鬼助さん。いなさるかね」

女の声が入って来た。奥の長屋の大工や左官、行商人たちの女房連中だ。

「おう、さっそく来なすったね」

言いながら市左は物置部屋から縁側に出た。

「さっきお島さんから聞いたけど、きのうまた商いがあったんだってねえ。ないかねえ、洗い物さあ」

「すまねえ。きのうのは見倒したんじゃねえんだ。預かっただけでよう、また引き取りに来るのよ」

物置部屋に、女たちと市左のやり取りが聞こえてくる。古着は洗濯をし、布団は綿を打ちなおし、文机《ふづくえ》や箪笥は修繕の必要な物は修繕し、包丁は砥《と》いでから柳原土手の古着屋や古道具屋に卸している。だからある程度の品が入るたびに、長屋の女衆や大工、指物師《さしものし》たちも潤《うるお》うことになり、市左は見倒屋というあまりおもてにできない稼業であっても、近所での評判はいいのだ。

「なんだね、預かり屋も始めたのかね」

「そうじゃねえが、行きがかり上、そうなっちまったのよ。また洗濯物がたまったらよろしく頼まあ」

まだ話している。物置部屋に残った鬼助は、昨夜の家財道具を見ながら、

(加瀬充之介さんも、買取りより運びだけのほうがいいのだが)

と、けさがた門前を通った吉良邸に思いを馳せていた。


「それじゃ俺一人でも、ようすを見に行くぞ」

「あゝ。日さえ決まればあっしも大八車を牽いて行きまさあ」

と、鬼助が一人で須田町の加瀬充之介の長屋に向かったのは、安兵衛らが瑤泉院に拝謁した三日後の朝だった。腰切半纏を三尺帯で締めた職人姿である。

加瀬充之介は〝二、三日後に〟と言っていた。すでに由蔵、お妙の家財を預かってから四日目である。言われた期日内に行かなかったのは、

「――あそこじゃ行っても、いい商いはできそうにねえし、切羽詰まっていねえ仕事

は数日延びるのが普通でさあ」

と、市左に乗り気がなく悠然とかまえていたからだ。それよりも市左は、由蔵とお妙のほうが気になっていた。由蔵は〝せいぜい四、五日〟と、言っていた。その〝四、五日〟がきょうなのだ。運ぶ場所を由蔵が知らせに来たときのために、どちらかがこの棲家にいなければならない。鬼助にすれば加瀬の荷の運び先は吉良邸だ。骨折り損になってでも取らなければならない仕事である。

出かけると、加瀬のいう〝二、三日後〟を一日過ぎているのが気になりはじめた。

（もう引っ越してはいないだろうか）

思いながら足を速めた。職人姿で焦りを感じた足取りになれば、武士のようにはいかず、人混みのなかに、

「へえ、ご免なさんして」

と、幾度も断わりを入れねばならなかった。

おなじ日の午過ぎだ。南部坂上の三次浅野家の下屋敷から若い腰元が一人、足元に気をつけながら坂道を下り、町場に出ると駕籠を拾い、

「急いで、日本橋まで」

「へいっ」

走り出した。

三次浅野家の下屋敷から腰元が日本橋までといえば、行く先は奈美のいる磯幸であり、遣わしたのは戸田局ということになる。封書をふところにしている。

三次浅野家では、江戸城内で聞いた吉良家のうわさをそのつど、瑤泉院に知らせている。だが三次家では、巷間《こうかん》で旧浅野家臣の不穏な動きがささやかれているなか、瑤泉院に公然と動かれたのでは、幕府の手前いささか困ることになる。

だから戸田局は配下の腰元を直接堀部弥兵衛に遣わすのではなく、中継地を一つ置いている。それが奈美である。大名家の腰元が、遣いで日本橋の料亭に出向いても奇異ではない。

地に立った腰元は駕籠をそのまま待たせ、暖簾をくぐるとすぐに出てきてまた駕籠に乗り、もと来た道を返した。

玄関で封書を受け取った奈美は〝急ぎ〟と言われたため、その場で女将に断ると暖簾を出て町駕籠を拾った。当然、行き先は両国米沢町である。鬼助の速足が神田の大通りから須田町の枝道に入った時分だった。

武家では中間は屋外の奉公をもっぱらとし、腰元は屋内の奉公人である。鬼助と違い奈美はおもての玄関から訪《おとな》いを入れた。

　幸が玄関で迎え、奈美は座敷に上げられた。持参したのが瑤泉院からの文《ふみ》とあっては、部屋には弥兵衛とその奥方の和佳《わか》、安兵衛と幸の、浪宅の全員がそろった。一同が畏《かしこ》まるなかに、弥兵衛は封を切った。

「義父上《ちちうえ》、いかに」

　安兵衛は首を伸ばした。奈美も中を見ているわけではない。和佳や幸とともに固唾《かたず》を呑んで弥兵衛の手元を見つめている。文面は短かったようだ。

「ふむ」

　弥兵衛は顔を上げると安兵衛を見据え、

「吉良どのが、屋敷替えとなるやもしれぬそうな。代替《だいたい》屋敷はまだ不明とのことじゃが、幕閣も吉良どのの扱いには苦慮されておいでのようじゃわい」

「おーっ」

　と、安兵衛は声を上げ、ひと膝まえにすり出た。

「控えよ。逸《はや》るでない」

　弥兵衛は叱咤《しった》した。

　瑤泉院にすれば、三日前に安兵衛らの来訪を受け、その熱情に接したばかりである。

吉良家の屋敷替えを聞くなり、すかさず弥兵衛に知らせたということは、

（時期を考慮し、慎重にことを運ばれよ）

と、言外に伝えるものにほかならない。弥兵衛はその意を体《たい》し、

「よいか、これは戦《いくさ》だ。最も大事なのは、敵の動きを知ることじゃ。よいな」

「もとより」

安兵衛は返し、

「奈美どの。文の内容は聞いてのとおりじゃ。吉良はどこへ移るのか、分かればただちにお知らせ願いたい。戸田どのに、そう伝えておいてくれぬか」

「もちろん、分かりしだい」

奈美は応えた。

六

鬼助は神田の大通りから、

「ここだ」

須田町の枝道に曲がり、さらに脇道に入った。もう吉良邸に引っ越したのではない

かとの懸念は倍加し、なかば駈け足になった。長屋の路地に入り、

「おぉ、よかった」

思わず声に出た。加瀬充之介の部屋の腰高障子が開いており、人のいる気配が感じられたのだ。

「あらあ、この前の見倒屋さんじゃないかね」

路地で前掛姿の女が声をかけてきた。あの夜、提灯で足元を照らしていた女だ。

「へえ、加瀬さまもそろそろかと思いやして」

「あゝ、加瀬の旦那ならまだいなさるよ。ほれ、いまちょうどお客人が来ていなさる。強そうな立派なお侍さ」

「ほう、さようで」

吉良家の家臣かもしれない。ひと安堵とともにいっそうの興味を持ち、鬼助は腰高障子が開いたままの加瀬の部屋に向かった。

「と、まあ、そういうことでのう」

「よろしく願いますぞ」

声が聞こえる。

「おっと。あ、済まんでございやす」

鬼助はうしろへ跳び退いた。声を入れようとした瞬時、土間から出ようとした武士とぶつかりそうになったのだ。

「おっ、いいところに来た」

と、中からの声は加瀬充之介だった。

(この侍《さむれえ》、吉良家の家臣！)

鬼助は直感し、さらに一歩下がり、

「手前、加瀬さまにご用命いただきました運び屋でございます。よろしゅうに」

腰を折った。武士に対する扱いは慣れている。

「そう。その者は引っ越しに備え、手伝いを頼んでおった者でしてなあ」

「ほう。もうそこまで用意しておいでてござったか。これは周到な。運び屋なら、当方から頼むことがあるかもしれぬなあ。わしは上杉、いや、吉良家の山吉新八郎《やまよししんぱちろう》と申す。見知りおけ」

「へ、へえ。手前、伝馬町の鬼助と申しやす。よろしゅうご贔屓《ひいき》のほどを。いらなくなった品々の買取りもやっておりやす、へえ」

部屋の中から加瀬が取り次ぎの言葉をかけ、それに吉良家臣は応じ、山吉新八郎と名まで名乗った。

思わぬ山吉新八郎なる吉良家臣の言葉に、鬼助はさらに辞を低くし、顔を上げた。三十がらみの、さっき長屋のおかみさんが言ったとおり、いかにも強そうに見える武士だった。山吉新八郎はつづけた。

「ほう、それは重畳《ちょうじょう》。ますます頼む仕事も増えようかのう」

「はーっ。よろしゅうお願《ねげ》えいたしまするーっ」

予期せぬ展開に鬼助は心ノ臓が高鳴るのを覚えた。

「うむ、近いうちにな。それでは、加瀬どのも、な」

「お待ちもうしておりますぞ」

と、加瀬は路地まで出て山吉新八郎の背を見送った。

その背が路地の木戸を出て見えなくなると、

「加瀬さま、どういうことですかい」

「どういうこというより、こういうことだ。ま、中へ入れ」

「へえ」

と、鬼助は加瀬について中に入った。先日も提灯の灯りに感じたが、明るいところで見ると家財のほとんどないのが一層明確に分かる。市左が気乗りのしないのも理解できる。かさばる物といえば布団と文机くらいのものだ。刀は大小ともに壁に立てかけている。放りだしていないところから、気さくな町場暮らしでも武士としての気概は保っているようだ。

　屋内は畳ではなく板間に莚《むしろ》を敷いているだけで、これもかさばる物といえようか。加瀬は莚に胡坐《あぐら》を組み、鬼助は土間に足を置いたまま腰だけかけ、奥のほうへ上体をねじった。

「さっきのお方、山吉新八郎さまでしたか。士分のお人がわざわざ引越しの日にちを知らせに来なすったので？　供も連れずに」

「俺の雇い入れも大っぴらではないのでのう。吉良家では、それも分かろう」

「へえ。分かりやすが」

「そこよ。俺も山吉どのが直接来られたのにはびっくりしたがなあ」

　と、加瀬充之介は話しはじめた。

「話を聞いて、またびっくりだ。日傭取《ひようとり》の仕事もやめたというに、呉服橋への住み込みは中止だと言うのだからのう」

「なんですって！」

　鬼助も驚いた。呉服橋へ荷運びができなくなれば、吉良邸に入るという安兵衛との約束が果たせなくなる。だが山吉新八郎は鬼助に〝頼む仕事も増えよう〟と確かに言った。荷運び中止では辻褄《つじつま》が合わない。

「まあ、落ち着け」

　加瀬はつづけた。

「吉良さまはこたび屋敷替えになってのう、だから新しい屋敷の段取りがつくまで、俺の引っ越しも延期というのよ」

「えぇえ、お屋敷替え⁉　で、どちらへ？　それに、いつで？」

「いつになるか分からん。したが、当面の喰い扶持《ぶち》は置いていってくれたので助かったわい。それがのうては、あしたから粥《かゆ》もすすれなくなるからのう」

「ですから、いずれにですかい」

　鬼助には加瀬の口糊《くちこ》しよりもそのほうが気になる。

「場所は本所《ほんじょ》一ツ目の回向院《えこういん》のすぐとなりで、一ツ目と二ツ目の中ほどらしい。空き家になった屋敷がそこにあるらしゅうてのう。つまり、俺の少ない荷を運んでもらうのは、本所ということになる」

「げえっ」

　まさしく鬼助は驚愕の声を上げた。本所といえば大川《おおかわ》（隅田川）に架かる両国橋を渡った向こう、すなわち神田や日本橋界隈の町衆が〝田舎《いなか》〟と言ってはばからない川向こうなのだ。〝両国橋〟という名からして、お江戸とそうでない土地《ところ》を結ぶ橋といった意味がある。

呉服橋御門内は江戸城内である。そこへ徒党を組み刃物を振りかざして斬り込む……将軍家に対する反逆……と看做《みな》されても仕方がない。それが川向こうとなれば、話は異なる。城外どころか公方さまのお膝元でもない。

——討入り勝手次第

柳営《りゅうえい》(幕府)が語っているようにも聞こえる。

高家筆頭の吉良家の引っ越しともなれば物入りもあり、準備も大層なものになるだろう。それが急なこととなればなおさらだ。だから山吉新八郎は、鬼助が初対面というのに荷運びに古物の買取りまでするとあっては、これは重宝なと〝頼む仕事も増えようか〟と言ったのだろう。辻褄が合う。

「いつになるか分からねえんでやすね。分かりやした。向後《こうご》、こまめに顔を出しまさあ。日取りが決まったら教えてくだせえ。段取りをつけまさあ」

言うと鬼助は腰を上げ、

「山吉さまにもよろしゅうお伝えくだされ。呉服橋から本所への引っ越しも手伝わせてもらいまさあ」

「おう、伝えておこう。いつになるか分からんがな」

「へえ、是非に」

敷居を外にまたぎ、

「そうそう」

と、ふり返った。

「四日前に遁《とん》づらしたとなりの由蔵どんとお妙でござんすが、そのあと怪しいやつが来たりしやせんでしたかい」

「おう、来た来た。さっそく次の日じゃった」

「え、やはり来やしたかい」

と、鬼助は片方の足をまた敷居の中に入れた。由蔵とお妙の名が聞こえたか、さきほどのおかみさんが、

「来たんだよう、ほんとうに」

と、言いながら近寄って来た。

加瀬は部屋の中から応じるように話した。

「胡散臭い、性質《たち》の悪そうな男が二人だ。俺の部屋ものぞいて、となりの若い男女はどうしたと訊くから、見れば分かるだろうといって追い返したがのう」

「そうそう。あたしにも訊いたんだよう、どこへ行きやがったって。知るもんかね。こっちが聞きたいくらいだって言うと、加瀬の旦那が出て来なさって、やつら這《ほ》う這うの態で逃げて行ったのさ。あんたも気をつけてよねえ。あいつら、まだ近くをちょろちょろしているようだから」

「分かっていまさあ」

鬼助は返し、長屋の路地を出た。やはり来たのだ。お妙の勘は当たっていた。それを長屋のみんなで〝知らねえ〟をとおし、護ってやっているようだ。実際に、長屋の住人も由蔵とお妙の行き先は知らないのだ。

(どうも気になる二人だったが、找《さが》しているのがやくざ者のような二人たあ、ますます引っかかるぜ)

思いながら鬼助は須田町の枝道から神田の大通りに出た。駆落ち者の二人が気になりながらも、しかしいま鬼助を逸《はや》らせているのは、吉良家の川向こうへの屋敷替えである。足は両国広小路に向かった。伝馬町の棲家はちょうどその途中になる。

(念のためだ。ひとまず戻って市どんに、胡散臭い二人が須田町の近辺をうろついていることを話しておくか)

思い、足を速めた。途中であれば、両国広小路に着く時間にさほど変わりはない。

だがこのとき、鬼助は尾《つ》けられていた。胡散臭い二人が、長屋のおかみさんが言ったとおり、まだ近くで根気よく聞き込みを入れていた。その二人の目に、長屋の路地から出て来た職人姿の鬼助が入ったのだ。

「あの職人、関わりがあるかもしれねえ」

「のようだなあ。外《はず》れてもともとだ、尾けるか」

「おう」

と、なるほど着ながしの見るからにやくざ者の二人が、鬼助を尾けはじめた。それも一人が鬼助の背後につき、もう一人がそのうしろに歩を取り、ときどき前後を交替しながら気づかれるのを防ぐといった念の入れようだった。やはり二人とも堅気《かたぎ》ではなさそうだ。

七

吉良家の川向こうへの移転を早く安兵衛に知らせたいとの一心で背後への気配りがおろそかになったか、鬼助はやくざ者二人を引き連れて伝馬町の棲家に戻った。

帰るなり、ごろ寝をしていた市左に、

「とまあそういうわけだ。俺はこれからまたちょっくら米沢町に行ってくらあ」

「やっぱり見つかってやがったんだなあ。それにしてもまだ探りを入れているたあ、けっこう念入りな追手だぜ」

市左は返し、これから鬼助がまた出かけ、行き先が安兵衛の浪宅とあっては一緒に行きたがったが、由蔵とお妙がきょうあすにも来るかしれない。棲家を留守にしておくことはできない。

鬼助が急ぐように棲家の玄関を出たとき、やくざ者二人の目が近くにあった。二人は戸建ての棲家に職人姿が入るのを見とどけたあと、

「あの家はどなたので？」

と、近くの長屋に聞き込みを入れていた。そこが見倒屋の棲家であることを聞き出すのに造作はなかった。まわりの長屋の住人は、いずれも市左の見倒してきた品の恩恵に大なり小なり与《あず》かっているのだ。やくざ者で世間の裏道を行く者なら、見倒屋が夜逃げや駆落ち者と縁の深いことは知っている。

「よしっ」

と、二人は張り込みをそこに集中することに決め、その二人の目にふたたび急ぎ足の鬼助が入ったのだ。

陽はすでに西の空にかたむきかけている。

二人の段取りはよかった。一人が市左たちの棲家を見張り、もう一人が鬼助を尾けようと即座に決めたのだ。この二人のことである。別行動をとっても、互いにつなぎの場は設けているだろう。

設けていた。神田須田町に近い旅籠だ。そこには若い、やくざ者ではないがいくらか崩れた感じのお店者《たなもの》がごろ寝をしていた。

男の一人が鬼助を尾けてすぐだった。見倒屋の棲家を張っている男の目に、なんと由蔵の姿が映ったではないか。

由蔵は玄関の腰高障子に訪いを入れ、

「へへ。聞いていたとおり、すぐ分かりやした」

言ったのが、見張りの者にも聞こえた。

「おぉう、来なすったかい。待っていやしたぜ」

と、屋内からの市左の声までは聞こえなかっただろう。だが、感じで分かる。

由蔵は玄関の中に吸い込まれ、物陰から男は凝《じ》っとつぎの展開を待った。中では、

「ほう、落ち着く先が決まりやしたかい。なに、千住宿《せんじゅじゅく》。ほおう、そこで二人で煮売り屋をやりなさるか。ほうほう、ゆくゆくは小料理屋をねえ。包丁人と仲居さんの

二人じゃ、きっといい店ができやしょう」

と、駆落ち者の夢を聞く市左は気分がよかった。夢ではなく、それを実現する段取りがすでについているというのだ。

「まず味のいい煮売りで評判をとって、それから小料理屋を……」

由蔵は言う。

ところが、話の風向きが急に変わった。

「えっ？　これから運び込んでほしいって？　そりゃあ無理だ。見てみなせえ、お天《てん》道《とう》さまはもうかなりかたむいてまさあ。これから行ったんじゃ、着くのは暗くなってからですぜ。しかも俺の相棒はさっき出かけたばかりだ。無理、無理」

市左は顔の前で手の平をひらひらとふった。だが、由蔵は喰い下がった。

「だからなんでさあ。あっしらは駆落ち者で、どこで誰にどう見られているか分かりやせん。暗くなってから運び込んで欲しいんでさあ。あっしが引っ越し荷物についたんじゃ、人目につきまさあ」

この言葉に市左は折れた。

このあと物陰から窺う男が見たのは、玄関から出て来た市左と由蔵が家財を大八車に積み込む光景だった。

（おっ、これからやつらの隠れ家に荷運びか）

男は色めき立った。大八車なら尾けやすい。暗くなっても音で分かる。

が、奇妙なことに、積み込みが終わると、

「それじゃ、あとはよろしくお願《ねげ》えいたしやす」

「おう。何時《なんどき》になるか分からねえが、ともかくきょう中に運ばせてもらわあ」

と、そのまま玄関前を離れる由蔵を、職人姿が見送ったではないか。

男は瞬時に判断した。探索の目的は、由蔵とお妙の居どころをつかむことである。荷の見張りよりも由蔵についた。

由蔵と市左のやりとりは、市左が鬼助の帰りを待ってすぐさま大八車を千住宿に牽き、由蔵はそれに十分な手当てをはずみ、着いたのが真夜中で帰れなくなったときには、千住泊まりでその費用も由蔵が持つというものであった。預かり料に運び賃、さらに宿賃まで、このような上客はめったにない。

男は由蔵を尾け、市左は部屋に戻って鬼助の帰りを待った。

鬼助は急いだ。吉良家が川向こうに屋敷替えというのは重大な消息だが、一刻を争う知らせではない。だがひと呼吸でも早く知らせたかった。

両国広小路を踏み、

「おっとっと、ご免なすって」

荷馬の列とすれ違い米沢町に入ったのは、市左と由蔵が不審な男の視界のなかで、荷をせっせと大八車に積んでいるころだった。

鬼助を尾けていた男は、

(こいつは、由蔵らとは関わりのねえ動きのようだな)

判断し、その場を引き揚げた。

堀部家浪宅では、午過《ひるす》ぎに奈美が吉良家屋敷替えの知らせを持って来たばかりだ。どこへ引っ越すのか、城内か城外か、大いに気になるところである。奈美の帰ったあと、堀部家では和佳も幸も加わり、額を寄せ合っていた。

そこへ、

「へい、ご免なすって」

と、鬼助が例によって、裏庭から母屋に声を入れた。

鬼助の話の内容が吉良家の屋敷替えとあっては、

「なんと!」

弥兵衛は驚き、鬼助は縁側に上げられた。弥兵衛と安兵衛も縁側に座し、和佳と幸は畳の上で対座するといった、奇妙な光景になった。そのなかに鬼助は話し、堀部家の面々の驚きは極に達した。奈美が話を持って来て、そのあとすぐ、さらに知りたい内容を鬼助が持って来たのだ。

しかも代替屋敷は回向院のとなりで、本所一ツ目と二ツ目の中ほどといえば、両国橋からすぐ近くではないか。

大川の両国橋のすぐ下流に、川向こうの本所を東西に走る竪川《たてかわ》という掘割《ほりわり》が流れ込んでいる。一ツ目、二ツ目というのは、その竪川に架かる橋を大川へ流れ込む河口から順に一ツ目橋、二ツ目橋、三ツ目橋といい、それら橋の名がそのまま地名となっている。回向院は一ツ目にあり、吉良邸が移転する一ツ目と二ツ目の中ほどというのは、大川への河口からわずか四丁（およそ四百米《メートル》）ほどの土地《ところ》となる。まさしく米沢町から両国広小路に出て両国橋を渡り、ひと走りの至近距離である。

堀部家の面々は色めき立ち、弥兵衛が、

「安兵衛、さっそくその土地で吉良家が移れそうな空き屋敷はないか調べよ。そこが新たな吉良邸となるに相違あるまい」

「はっ、承知」

安兵衛は返すと鬼助に向かい、

「その吉良家臣の山吉新八郎ならびに浪人の加瀬充之介と、できる限り懇意にするのだ。目的は分かっておるな！」

「むろん、承知いたしておりまする！」

鬼助が応じると、弥兵衛も大きく肯是《こうぜ》のうなずきを見せた。

話し終え、一段落がつくと急に由蔵とお妙の件が気になりはじめた。由蔵かお妙がいまにも、家財を引き取りに伝馬町の棲家へ訪ねてくるかもしれない。

和佳や幸の引きとめるのを謝辞し、早々に堀部家の浪宅を出た。

陽が西の空に大きくかたむいている。きょう一日がすべて切羽詰まって緊張する状態だったためか、帰りもそのつづきで急ぎ足になった。

伝馬町に入ったのは、ちょうど日の入りのときだった。

（これは？）

玄関前に家財を積んだ大八車が停まっているのに首をかしげた。

「どうした。あの二人、来たのかい」

玄関に声を入れるなり、

「待ってたぜ、兄イ」

市左が走り出て来た。

鬼助は話を聞き、

「えっ、来たのかい。だがよ、これから千住じゃ着いたときにゃ真夜中だぜ」

「だからよう、今宵は千住の旅籠泊まりと洒落込《しゃれこ》むのよ」

と、市左はすでに縁側の雨戸を閉め、一応の用心にと大事に紙入《かみい》れへ収めた、南町奉行所の小谷同心からもらった岡っ引の手札《てふだ》を、腹当《はらあて》の大きな口袋《こうたい》に入れていた。鬼助の分と二枚ある。

――此の者、当方の存知寄りにつき、相応に処遇ありたいと認《したた》められ、〝南町奉行所定町廻り同心　小谷健一郎〟の署名がある。これがあれば、深夜にいずれかの自身番や見まわりの役人に誰何《すいか》されても心配はない。自身番ならご苦労さまとお茶の一杯も出されようか。深夜に徘徊《はいかい》するには、至便なものだ。あとは火の用心と玄関の雨戸だけである。

「おう、待ってくれ。それだけじゃイザというときにゃ間に合わねえ。持つべきものは持たねえと落ち着かねえ」

と、鬼助は急いで玄関に入ると提灯だけでなく、中間のころには体の一部であった脇差寸法の木刀を手に出てきた。刃物ではなく、

「ま、いいか」

行く先に一晩泊まりとなるせいか、市左は言うと玄関の敷居に雨戸をはめ込み、小桟のコトリと落ちる音を確認すると、

「兄イ、いい商いになるぜ」

「おう」

――ゴトゴトゴト
大八車が車輪の音を立てた。陽が落ちたというのに、これから仕事である。

千住宿は江戸の東の果てであり、奥州街道と日光街道の最初の宿場である。江戸の市街を抜け、畑道や樹林の道を経て、磔刑《はりつけ》や獄門の仕置場がある小塚原《こづかっぱら》を過ぎたところに位置している。

小塚原が東の仕置場なら、西は東海道の品川宿を過ぎてすぐの鈴ケ森《すずがもり》にある。いずれも見せしめの意味を込め、街道に面して設けられている。

江戸の市街を抜けたころ、満月が過ぎてまだ数日とはいえ、空にいくらか雲がかかり、提灯なしでは歩を進められないほどになっていた。畑道のようだ。前方に黒く盛り上がって見えるのは、樹林群だろう。周囲に灯りといえば、軛《くびき》を牽く市左とうしろから押す鬼助の提灯のみである。ゴトゴトと響く車輪の音のなかに、

「家財を運び込むのは陽が落ちてからってのは、いかに駆落ち者とはいえ、用心が過

ぎやしねえか」

「逃げる者は風の音にさえ怯《おび》えるってえからよ、その類《たぐい》じゃねえのかい。可哀相に」

話している。

「だったらなんで人さまに面《つら》をさらす煮売り屋などやりやがる。おかしいぜ」

「場所は詳しく聞いたが、枝道を入ったあまり目立たねえところさ。土地の者を相手の商いで、そう人前に出るわけでもねえ。働かなきゃ喰えねえからなあ。ゆくゆくは二人で小料理屋をと言ってたが、殊勝《しゅしょう》じゃねえか」

「小料理屋といったって、開くにゃ相当な金がいるぜ。煮売りで稼げるのかい」

「あはは。兄イはどうもあの二人にゃ虫が好かねえようだなあ」

「虫が好く好かねえの問題じゃねえ。どうも腑に落ちねえのよ。おう、林道《はやしみち》に入《へえ》ったようだなあ。抜ければ小塚原だ」

「うひょー。獄門首など出ていなきゃいいんだがなあ」

「あはは。出ていりゃあ経《きょう》でも唱えながら通り過ぎるまでさ」

――ゴトゴトゴト
車輪の響きはなおもつづいた。

仕置場を過ぎれば、千住宿の町並はすぐだ。

八

さいわい、獄門首は出ていなかった。

町場に入った。といっても表通りにはすでに、軒提灯や軒行灯を出している旅籠や飲食の店はない。だがさすがに宿場町か、ところどころに常夜灯の灯っているのがありがたい。由蔵も常夜灯を道しるべに、

「――ここに似た戸建で、雨戸を閉めず部屋に灯りを点けて待っておりやすので、すぐ判りまさあ」

と、市左に道を教えていた。

まだ町々の木戸が閉まる夜四ツ（およそ午後十時）にはなっていないが、江戸府内に戻れる時刻ではない。

枝道の奥のほうに、ときおり軒提灯の灯りが見えるのは、飲み屋か安宿だろう。人影も少しは動いており、女の嬌声もかすかに聞こえてくる。大八車を牽いて行くほどに、けっこう人影のある一角もあるのに気がつく。色街の路地で、賭場《とば》も立っていることだろう。そうした近くの安宿なら、この時分でもまだ泊まれそうだ。まずはひと

安心だ。

二つ目の常夜灯の角を曲がり、さらに大八車の通れる路地を入ったところに、なるほど戸建だが庭も板塀もなく、縁側が直接路地に面した家作があった。伝馬町の棲家と似ている。

雨戸は閉まっているが、すき間からかすかに灯りが洩れている。色街の一角のすぐ近くで、なるほどここで煮売り屋をやれば常連客がつくかもしれない。いっそう煮売酒屋にすれば、一見《いちげん》の客も来ようか。

(なかなかいいところに、空き家を見つけたものだなあ)

と、商いを知らない鬼助にも思えてきた。

いくらか離れた角《かど》に大八車をとめ、

「兄イ、ここでちょっくら待っていてくんねえ。間違って他所《よそ》さまの寝込みを起こしたんじゃ申しわけねえ。確かめて来まさあ。あそこでなきゃあ、もう一本向こうの筋ってことにならあ」

と、市左は提灯をかざし、灯りの洩れる家作に向かった。

(ん?)

その背を見送っていた鬼助は首をかしげ、目を凝らし、提灯の火を吹き消した。

家作にあと数歩というところまで近づいた市左の足がとまり、提灯の火を吹き消したのだ。その影の動きから、雨戸に素早く身を寄せたのが感じられた。

闇の中に鬼助は目を凝らした。

市左の影は、さらに家作に近づき、中を窺うように雨戸へ耳をあてたようだ。

（どうした。不審なことでもあるのか）

鬼助は思い、大八車を離れ、

（いや、もうすこしようすをみよう）

と、近くの軒端《のきば》に身を寄せた。

市左の影が動いた。足元に気をつけ用心深く戻って来る。

鬼助は軒端に身を寄せたまま、声を出さず市左の影が戻るのを待ち、

「ここだ。どうした」

「あ、ここでやしたか」

鬼助の息だけの声に市左は足をとめ、

「どうもみようですぜ」

「どのように」

市左も低い声で話す。

「いるのは由蔵とお妙だけじゃねえ。ほかに男が二、三人、それも切羽《せっぱ》詰まったようなな、尋常じゃねえ」

「まさか、追手に見つけられたんじゃ……。行ってみよう」

「足元に気をつけて」

「おう」

視界に灯りは、縁側の雨戸のすき間からかすかに洩れているのみである。

忍び足で進み、

(脇差にすればよかったなあ)

思いながら、鬼助は腰から木刀を抜いた。

雨戸に耳をあてた。

聞こえる。いずれも、押し殺した声だ。

「さあ、出すんだ。まさか、全部使っちまったってんじゃねえだろうなあ」

「二百両だぜ、ええっ、二百両」

「まだ、まだある。いのち、命だけは！」

「あぁぁ」

悲痛を乗せた女のうめき声はお妙のようだ。命乞いは由蔵で、他の凄みを利かせた男二人は……追手か。

さらにもう一人の声が聞こえた。

「由蔵、いけませんねえ、盗みは。二百両もじゃ遠島では済みませんよ。死罪でしょうねえ」

「うううう っ」

若いが鄭重なもの言いで、由蔵がまたうめき声を上げたようだ。

(どうなってんだ?)

闇の中に鬼助と市左は顔を見合わせた。互いの息遣いでそれが分かる。

中のようすも、およその察しがつく。縛られているかどうかは分からないが、由蔵とお妙は刃物を突きつけられ、恐怖のなかに身の自由を奪われている。しかも近所の者がまったく気づいていないということは、不意をつかれ二人は騒ぐこともできず瞬時に拘束されたのだろう。それに話の内容から、二人にとっての恐怖劇は、いま始まったばかりのようだ。

陽がかたむきかけた時分に、神田須田町から鬼助を尾けた二人が、いま屋内で凄みを利かせている男たちである。

鬼助を尾けた男は両国米沢町で見切りをつけると、つなぎの場にしている神田須田町に近い旅籠に戻った。そこで待っていたのは、いま屋内で鄭重なもの言いをした若い男だった。

伝馬町から本命の由蔵を尾けた男は、由蔵が千住宿の新たな家作に入るのを見とどけるなり町駕籠を拾い、急いでつなぎの旅籠に引き返した。そこで三人がそろい、それっとばかりに千住宿に急ぎ、鬼助たちよりひと足早くこの隠れ家に着いた。もとより見倒屋が大八車を牽き、すぐ近くまで来ていることは知るよしもない。

男たち三人は、暗くなったなかに由蔵たちの隠れ家の玄関の戸を叩いた。由蔵とお妙は、鬼助と市左が家財を運んで来るのを待っている。暗くなってから玄関の戸を叩く音をすっかりそれと思い、無防備に戸を開けた。そこへドッと入って来たのが、三人の男だった。瞬時の出来事で、いずれも由蔵とお妙がよく知っており、二人が神田須田町の長屋から逃げたのは、このなかの一人をお妙が筋違御門の火除地で見かけたからだった。男もお妙に気づき、須田町の近くの旅籠につなぎの場を設け、探索していたのである。

聞こえてくる。若い鄭重なもの言いの声だ。

「二百両も盗んで逃げるとは、おまえたち、示し合わせたのですね。ビタ一文でもかけていたら、役人に突き出さない代わりに、お妙、おまえにはその体で払ってもらいますよ。おまえなら、けっこう稼げそうですからねえ」

「あぁぁぁ。あたし、あたし、由蔵さんに、ついて逃げただけなんですうっ」

お妙の声だ。やはり、刃物を突きつけられているようだ。

どうやら由蔵とお妙は、駆落ちは駆落ちでも、奉公先から二百両も盗んでの遁走《とんずら》だったようだ。二百両といえば、一人前の大工や左官、建具師たち職人の十年分の総稼ぎに相当する額である。捕まれば間違いなく死罪だ。

雨戸に耳をあてたまま、鬼助と市左はふたたび顔を見合わせた。

聞こえてくる。

由蔵の声だ。喉元か胸元に、刃物を突きつけられているのだろう。

「き、聞いてくれ。わ、若旦那。港屋《みなとや》はねえ、大旦那は、俺たち奉公人を奴婢《ぬひ》のようにこき使い、病気になれば放り出し、逃げようとすれば連れ戻されて半死半生の目に遭わされ、お妙にまで客を取らせようとしたから、俺たち！」

泣き声に近かった。

「お黙り！」

若い声が一喝し、

「さあ、郡次《ぐんじ》さん、順治《じゅんじ》さん！　こいつを！」

言ったときだった。

最初の瞬時の押込みがあまりにもうまくいったものだから、若旦那とやらも郡次に順治と呼ばれた男たちも油断があったか、

「わあーっ」

一人が周辺にもとどろく声を上げ、

──バリバリッ
障子の破れるというより壊れる音が聞こえ、

「あっ、野郎！」

「逃げるか！」

「きゃーっ」

怒声に悲鳴が重なり、

──ガシャッ
雨戸が外へ倒れ、屋内の灯りとともに男が一人ころがり出て来た。

由蔵だ。縛られてはいなかったようだ。

「待ちやがれ！」

「逃がさんぞ！」

中の男たちの声に、

「おっ」

鬼助の動きが重なった。うしろへ一歩跳び退いて雨戸を避けるなりふたたび踏み込み、目の前にころがり起き上がろうとする由蔵の頸根《くびね》に、

「たーっ」

木刀の一撃を加えた。安兵衛直伝の腕である。

「うぐっ」

由蔵はその場に崩れ落ちた。

市左もうしろへ跳び退いたが、その勢いで、

「あわわわっ」

地に尻餅をついてしまっている。

男たちが縁側から飛び出てきた。郡次も順治も着物の袖を腕まくりに抜き身の匕首《あいくち》をかざしている。

「なんだっ、てめえは！」

「おっ、由蔵を打ち据えてくれたようだぜっ」

一人が鬼助に気づき、もう一人が目ざとく、鬼助が腰を落とし木刀を構えているのに気づいた。

「そうよ、打ち据えたぜ。おめえたちもなあ」

鬼助のとっさの判断である。言うなり男たちのほうへ踏み込み、

「えいっ」

――グキッ
骨の折れる鈍い音が聞こえ、

――カチャ
匕首の地に落ちる音がつづいた。

郡次のほうだった。

「うううっ、こやつ」

右腕をしたたかに打たれ、あとは声にならない。

順治が、

「ど、どうなってんだ！　あ、野郎っ」

叫び、起き上がって逃げようとした由蔵に背後から飛びかかった。

「ううっ」

うめき声は由蔵である。腰へ匕首を刺し込まれたのだ。体当たりざまである。切っ先が腹に出るほどの深手だ。二人は重なるようにその場へ倒れ込んだ。

若旦那とやらも縁側に出て一部始終を目にし、

「ひーっ」

女のような悲鳴を上げるなり部屋へ逃げ込み、さらに玄関口へ走ろうとするのが、外からも行灯の灯りの中に見えた。

「あっ、もう一人！」

市左が尻餅から跳ね起き、

「逃がさんぞっ」

玄関のほうへ走り、出てきた若旦那とやらに、

「野郎！」

素手であるのを看《み》て取ったか体当たりを喰らわした。

──ガシャ、バリバリ

二人は玄関口の腰高障子へ重なって倒れ込んだ。

これだけの騒ぎである。民家のひしめく町中《まちなか》で気づかれぬはずがない。

「喧嘩かあっ」

「きゃーっ、刃物をっ」

すでに野次馬たちが提灯をかざしはじめている。なかには夜着の者もいる。それらの数は時間とともに増えてくる。こうも衆目《しゅうもく》が出れば、もう誰もその場から逃れることはできない
「こいつらあ、押込みの怪しいやつらだあっ」

木刀を持ち職人姿の鬼助は叫んだ。

「なに！　押込み!?」

人垣が反応し、ざわつきはじめる。

鬼助は木刀を手にしたまま、由蔵の背に折り重なった順治の脾腹《ひばら》を、引きはがすように蹴り上げ、

「この宿《しゅく》の問屋場《といやば》はどこですかい。その近くに、道中奉行の番所があるはずだ。俺たちは江戸府内から怪しい者を追って来た、御用の筋の者だ。どなたか番所へ走り、役人を呼んで来てくだせえっ」

「おおう」

声が返り、幾人かが走った。問屋場とは宿場で荷馬や人足、早馬、早打駕籠《はやうち》などの差配をし、大名行列のときには助郷《すけごう》や宿《やど》の手配もする、いわば宿駅の差配処である。

宿場町はそこが大名領であっても道中奉行が管掌《かんしょう》することになっており、また道中奉行は江戸の柳営で数人いる勘定奉行の一人が兼務している。

江戸町奉行所の差配は、品川や千住のようにすぐ近くに仕置場があっても、道中奉行筋からの依頼がない限り宿場町には及ばないのだ。だから鬼助は千住宿の住人へ開口一番、

「——番所の役人を!」

言ったのである。

九

現場はすでに住人らのいくつもの提灯に照らされ、囲まれている。やがてそこに駈けつけた役人たちの龕燈《がんどう》に照らされ、高張《たかはり》提灯も立てられることになるだろう。

「ん?」

「いやせんぜ」

と、鬼助と市左は同時に気づいた。

その場は、鬼助が差配した。江戸府内の御用筋の者といっても役人ではなく、職人

姿で武器といえば木刀しか持っていないのが、宿場町の住人から好感を持たれたようだ。由蔵はすでに息絶えて縁側の前にころがされ、刺した順治と腕を叩き折られた郡次は住人たちに縄をかけられ、蒼ざめた表情で、由蔵の死体の脇に引き据えられている。市左が取り押さえた若旦那とやらも同様だった。住人たちに殴られ、縄をかけられ、やくざ者の郡次と順治の横で、

「わ、わ、わたしが殺《や》ったんじゃない。わ、わたしは何もしていないっ」

震えながら、叫んでいる姿が見苦しかった。

外から雨戸に耳をそばだてていたとき、〝二百両も盗んで〟と確かに聞いた。部屋の中に、それがあるかもしれない。鬼助は役人が来るまでと、住人たちが屋内に立ち入るのを禁じ、みずからも上がり込まなかった。

その光景のなかに、お妙の姿がないのだ。

いくつもの提灯の灯りのなかに、鬼助と市左はふたたび顔を見合わせた。

いつ、姿をくらましたのか。

考えられるのは、由蔵が雨戸を破って外へころがり、郡次と順治がそれを追い、若旦那も縁側に出たときのようだ。若旦那が恐怖のあまり玄関から逃げ出そうとしたとき、すでにお妙はいなかった。家財のとどくのを待っていたのだから、夜着には着替

えていない。そのまま飛び出し、集まりかけた野次馬に紛《まぎ》れて逃げ出すのは充分可能である。

鬼助と市左はうなずき合った。

役人が来た。捕方を連れていたが、捕物は終わっている。現場を確認してから、新たにかけた縄目を取って、番所と一体となっている問屋場へ引き立てるだけだ。鬼助と市左は小谷健一郎の手札を見せ、

「この形《なり》であっしら、江戸府内から尾けて来やしてねえ」

と、大八車を牽いてそのうしろを尾けたことを話した。

問屋場にも牢ではないが、不審な者を拘束する設備はある。

となりの部屋では燭台《しょくだい》がいくつも立てられ、さっそく控帳《ひかえちょう》の作成が始まった。だがあきらかに、番所の役人たちは面倒くさがっている。

役人たちにしても問屋場にとっても、こたびの騒ぎは事件ではあっても宿場の揉め事ではない。江戸町奉行所の同心の手札を持った者が、江戸から不審な者を追って千住宿で身柄を押さえ、宿場役人に引き渡しただけである。しかも、一人はこの宿場で殺しまで犯している。どうせなら千住を過ぎてからやればいいのにと、宿場には迷惑なことこの上ないのだ。早々に控帳を作成し、一刻も早く死体ともども江戸町奉行所

に引き取らせたいのだ。

　夜明け前にようやく書き終えた。鬼助たちが雨戸の外で聞いた内容もすっかり書き込まれ、由蔵とお妙が奉公先の港屋という品川の旅籠から二百両を盗んで逃走し、港屋の追手が千住宿で追いつめ踏み込んだところへ、さらに江戸から尾けて来た岡っ引が踏み込み、二百両の盗っ人もやくざ者のような追手も一網打尽にした……と、そういう筋書きになった。港屋が由蔵の言っていたように人使いが荒く、女の奉公人に泊まり客へ添い寝をさせ、逃げ出した奉公人を引っ捕えては半殺しの目に遭わせていたかどうかは、千住宿のあずかり知らぬことである。

　追手の与太二人を差配していたのは、確かに港屋の若旦那で、宇之助《うのすけ》といった。宇之助は問屋場の書役《かきやく》が控帳を記しているあいだも、

「わたしは何もしていない。由蔵を殺したのは、郡次と順治だあっ」

と、連発していた。

　そのような宇之助に郡次と順治は、

「けっ。おめえが、端《はな》から殺《や》れと言ってきたんじゃねえのかい、えぇえ」

と、侮蔑《ぶべつ》するように浴びせかけ、唾《つば》まで吐きかけた。

　書役はそれらまで書き留めた。

一段落がついたとき、ようやく鬼助は言った。

「さっきから話の出ているお妙でやすが、姿が見えやせん。逃げたのでやしょう。早うお手配をしてくだせえ」

「うるせえ」

宿場の役人は一喝し、

「そんなの、千住にはどうでもいいことだ。捕まえたかったら、町奉行所から道中奉行さまに申し出てからにしろ」

と、そのとおりである。手配するには、それなりの手順が必要となる。

屋内には百両の金子《きんす》が残っていた。明るくなってから、役人があらためて家作の手入れをしたが、新たに出てくるものはなかった。

ならば、あとはどうした。神田須田町の長屋に半年ほど住み、千住に家作を借りたとしても、百両もかかるはずはない。由蔵を見捨てたお妙が、相当な額を持ち出したことになる。

(大《てえ》した女だぜ)

鬼助は思ったものである。

鬼助と市左がほんの仮眠だけで、宿場から追い立てられるように大八車を牽いて千住を出たのは、太陽が昇ってからだった。大八車には、由蔵たちの家財道具が積まれたままである。

「そんなもの、預かれるか」

と、それは証拠の品などではなく、番所は大八車ともども尾行のための小道具とみなしたのだ。

「預かったあいつらも、連れて行ってくれればいいのだがのう」

「それができればなあ」

役人の一人がふと口に出せば、問屋場の者も言っていた。

できないのだ。岡っ引は奉行所の正規の役職ではない。道中奉行配下の番所役人や問屋場がひとたび預かれば、町奉行所同心の耳役風情に身柄を引き渡すことなどできない。できるのは、道中奉行と町奉行が話し合い、与力か同心を派遣してきたときだけである。番所の役人は、日の出とともに道中奉行へ早馬を立て、町奉行所に早急《さっきゅう》な引き取りを要請するよう促すはずだ。実際、鬼助と市左が大八車を牽いて千住を発つと同時に、早馬が道中奉行兼務の勘定奉行の役宅に向け走っている。

なんとも面倒な手続きだが、鬼助と市左にとっては、かえってつごうがよかった。

大八車を牽きながら、

「預かり料も運び賃も、ふいになっちまったなあ」

「ま、やつらの品だ。二百両をふところに買いそろえた、けっこう上物で、柳原に持ち込みゃあ兄弟《きょうでえ》たちが、それなりの値で買い取ってくれまさあ」

鬼助の言ったのへ市左が返し、二人に骨折り損の感覚はなかった。

大八車は小塚原を過ぎた。午前《ひるまえ》には伝馬町に帰れるだろう。

「棲家に着いたら、ともかく寝やしょう」

「あゝ、湯にも入《へえ》りてえ」

二人は交わしながら歩を進めた。そうした気分的な余裕からか、軛《くびき》を牽く市左はうしろから押す鬼助にふり返り、

「急ぎの荷運びにかまけてつい忘れていやしたが、こっちへ来る前《めえ》に兄イが安兵衛旦那のところへ急いだの。ありゃあなんだったのですかい。世間がなにかとうわさしておりやすもので、なんだか気になりまさあ」

「あゝ、あれかい」

足の速い旅姿がまた数人、大八車を追い越し、荷馬の列ともすれ違った。

吉良家の動きである。鬼助の脳裡に山吉新八郎と、気になる浪人加瀬充之介の顔が浮かんだ。

鬼助は声を落とした。

「ここじゃ話せねえ」

「へえ」

市左は恐縮したように首をすぼめ、あとは前を向き黙々と大八車を牽いた。

街道には旅人たちの姿が目立つ、まだ朝のうちである。

二　本所吉良邸

一

千住から帰ってふたたび大八車の荷を物置部屋に運び入れ、

「ふふふ、きっと来るぞ」

「どんな顔で来やしょうかねえ」

鬼助と市左は顔を見合わせ、ばたりと畳にころがった。

それから三日ほどを経た。

「おかしい。そんなはずはねえんだが」

「こっちから行ってみますかい、八丁堀に」

陽が昇り、さっきお島が、

「——いつになるんですよう。長屋のみなさん、洗濯仕事を待っているのに。あたしの割前もさあ」

縁側から催促の声を入れ、縦長の行李《こうり》を背に仕事に出たばかりだ。由蔵とお妙の所帯道具は、尾行の小道具として役目を終えたものの、やはり事件の決着を見るまでは金に換えられない。

「もうすこし待ってみよう。俺たちゃ岡っ引でも隠れだ。用がありゃあ、向こうから来るだろうよ」

「でもよう、早く金に換えてえぜ。いい値で売れるのによう」

話しながら午《ひるま》近くになった。

「へい、ご免なすって。兄イたち、いなさるかい」

玄関に若い男の声が立った。千太《せんた》だ。小谷同心についている使い走りだが、一応岡っ引である。

「そら、来なすった」

「おう、上がれや」

鬼助が畳から身を起こし、市左が玄関に声を投げた。ふたたび千太の声だ。

「それが、小谷の旦那が一緒なんで」

「えっ、直々《じきじき》に？」

鬼助は立ち上がり、市左も、

「へい、ただいま」

玄関口へ出ようとすると、

「こんな小汚《こぎたね》えところに上がれるかい。縁側にまわるぜ」

小谷同心の声が入ってきた。

長身で、市井《しせい》に通じた気さくな同心だ。一見とぼけたようなところがあるが、なかなかの腕扱《うでこ》きである。そうでなければ、鬼助を配下の岡っ引などにはしなかっただろう。市左まで手札をもらって岡っ引になっているのは、単にふろくではなく、世の裏をのぞく見倒屋稼業を見込んでのものだ。

鬼助は岡っ引の手札をもらったからといって、小谷の手下《てか》になったとは思っていない。

「――悪党を懲らしめるんなら、陰ながら手は貸しやすぜ」

と、秘かに合力《ごうりき》するという、奉行所の正規の役職ではない岡っ引の、さらに隠れた存在の〝隠れ岡っ引〟になったと解釈し、小谷もそれを承知で鬼助と市左に同心の手札をふり出したのだ。鬼助もそのような小谷同心を、

（役人らしくねえ役人だ。おもしれえ）

と、けっこう高く買っている。

縁側に小谷同心は腰を下ろし、そこへ鬼助と市左が胡坐《あぐら》を組み、千太は台所に入ってお茶の用意をし、小谷のかたわらにちょこりと座っている。

「おめえら、やりやがったなあ」

と、小谷はお茶をすすり、鬼助と市左をじろりと見まわした。もちろん、千住での一件である。

「ま、なり行き上、あゝなっちまったのさ」

「預かった所帯道具を運んだ先が、たまたまあそこだったもんでして、へえ」

鬼助は泰然《たいぜん》とし、市左はいくらか恐縮の態《てい》だった。

同心が来て話し込んでいる。そこが見倒屋の棲家なら、長屋の住人たちは怪しむこともなければ警戒することもない。外に向かって開けっぴろげな、路地に面した縁側だ。そこで悠然とお茶を飲んでおれば、誰の目にも秘密の話や切羽詰まった事態などではないと映る。そこが縁側で話す価値である。それに近辺の住人は、鬼助と市左が小谷同心の岡っ引になっていることなど、まったく知らない。すなわち〝隠れ岡っ引〟なのだ。

小谷同心はつづけた。

「千住宿の問屋場《といやば》の書役《かきやく》はまったくバカ正直というか、話し手のくしゃみまで書き込んでいやがる。おかげであの控帳だけで事件の全容は分かった。つまり品川宿の港屋ってえ旅籠の女中と包丁人が店の金二百両を盗んで遁走《とんずら》こいて、千住宿で店の追手に捕まったってえ事件だ。本来なら道中奉行がなんとかしなきゃならねえところ、控帳を見りゃあおめえら二人が踏み込んだってんだから驚いたぜ」

「だからさ、預かった所帯道具をいわれた所へ運んだら、それが二百両を持ち逃げした駆落ち者でよ」

　市左が言おうとしたのへ、

「おっと、市よ。鬼助も聞け」

　と、小谷はそれをさえぎり、

「どうせおめえら、見倒しかなにかでやつらと関わりを持ったのだろう。俺はおめえらの仕事に口ははさまねえ。肝心なのは、それでどうなったかだ。つまり、追手が駆落ちの一人を殺《や》っちまったってことだ。殺ったのは順治か、死罪は免れねえ。郡次とかぬかす仲間と宇之助ってえ港屋のせがれは遠島あたりかなあ。それを決めるのがほれ、控帳にもあったおめえらが盗み聞きじゃねえ、聞き込んだってえ由蔵の台詞《せりふ》よ。

港屋の人使いが極度に荒く、もぐりで女中に客の夜伽《よとぎ》をさせているとかの話さ。それが事実なら、港屋は闕所《けっしょ》（家財没収）くらいじゃ済むめえ」

「聞いたんだぜ、はっきりと」

　また鬼助が口を入れた。小谷はそれを待っていたように、

「そこよ。あの控帳にお江戸の岡っ引の名が出てきたばかりによ、いま由蔵の死体は江戸で無縁仏にして、郡次、順治、宇之助の三人の身柄は茅場町《かやばちょう》の大番屋で預かってらあ。おかげで南町奉行所のお白洲で裁許を下すにゃあ、あの控帳だけでは分からねえこと、それを明らかにしなきゃならねえ」

「品川宿の港屋が、由蔵の言ったとおりかどうかってことですかい」

「そういうことだ」

　鬼助が言ったのへ小谷は応《こた》え、

「これはおめえらの仕事だぜ。嫌とは言わせねえ。おめえらのせいで、道中奉行の仕事がこっちにまわってきたのだからなあ。ま、そういうことだ。俺はおめえらに、よけいなことをしやがってとは言わねえ。逆に、よくやったと褒《ほ》めてやらあ」

「ということは、お奉行所じゃ迷惑がっているのですかい」

　市左が問いを入れた。

「そういう声もあるってことよ」

「なるほど、さっきから逃げたお妙の話が出ねえと思ったら、そのせいですかい」

鬼助が推測を入れた。

「それもあろうよ。奉行所じゃ手配は一応するが、その女め、もう江戸には戻っちゃ来めえ。捜しようのねえことが、端《はな》から分かってるってことさ。奥州街道かそれとも日光街道か、おめえら宿場の番所に代わり、自腹を切って探索の旅に出るかい」

「とんでもねえ」

思わず反応したのは市左だった。鬼助もうなずいた。

「そうだろう」

小谷は応じ、

「奉行所もその辺は心得てらあ。お妙といったなあ。金を持って一人で逃げたのだろうが、どこかでつつましく暮らしゃあ、生涯捕まることはあるめえ」

「お妙め、土壇場《どたんば》でてめえだけ助かろうとしてやがってたからなあ。由蔵の野郎、そんな女と組んで盗みをやらかし、遁走《とんずら》こいて殺されたんじゃ、まったく死に損で成《じょう》仏《ぶつ》もできめえよ」

鬼助の言ったのへ、小谷はつづけた。

「そいつを成仏させてやることになるかもしれねえ。きょうこれからすぐだ。おめえら品川に行って港屋の周辺を洗ってこい。寺社奉行から南町《うち》のお奉行がすでにこの件の始末を依頼され、そのためにはどこに探索の手を入れてもいいとの言質《げんち》も取っておいでだ」

「まったく手まわしのいいことで。港屋の周辺を洗うだけですぜ。ひと晩品川に泊まりゃあ、うわさは集められまさあ。なあ、市どん」

「あゝ、お安いご用さ。じゃあ兄イ、これから行きやすかい」

鬼助の言ったのへ市左は応じた。常に夜逃げや駆落ちのうわさはないかと、見倒しの種を探して歩いているのだ。聞き込みには慣れている。

「それじゃあ頼んだぜ」

腰を上げた小谷に、

「ご苦労さんでございます」

路地を通りかかった長屋のおかみさんが声をかけた。

「おう」

小谷同心はふり返って応じた。そこに違和感も緊張感もなく、まったく町場の日常風景だ。だが話している内容は、二百両持ち逃げと殺しの素地の探索である。

おかみさんの背が角を曲がり、見えなくなった。

縁側の前に立った小谷は、

「そうそう」

と、腰を上げかけた鬼助に声をかけた。

「なんですかい。あしたにはきちりと報告しやすぜ」

「いや、そのことじゃねえ。おめえ、聞いていねえかい。吉良さまが屋敷替えになるって話よ」

「あゝ、それなら」

「うぉっほん」

市左が応えようとしたのを鬼助がさえぎり、上げかけた腰をそのままに、

「うわさだけなら聞いていまさあ。あの呉服橋御門内から、どこへお移りになるんでやしょうねえ。奉行所に正式な通達は入っておりやせんかい」

小谷同心が鬼助と市左を岡っ引にしたのには、旧浅野家臣の動向を探りたいとの思惑があることも、鬼助は心得ている。鬼助にはそれを逆手《さかて》にとり、奉行所がどう対応しようとしているか探ってやろうとの気がある。奉行所の動きは、即柳営《りゅうえい》（幕府）の動向でもあるのだ。

「入ってねえから訊いているのだ。呉服橋御門の内側じゃ、俺たち町奉行所の者が訊きに行くこともできねえ。かといって、濠の外に引っ越しなんてことになりゃあ、町奉行所はいつ破裂するか知れねえ爆裂玉を抱え込むことになるからなあ」

小谷はちらと本音を漏らした。

武家地なら高みの見物を決め込むことができるが、町場の治安を護るのは、江戸町奉行所の役務なのだ。

「へへ、旦那。そりゃああっしは確かに元堀部家の中間《ちゅうげん》でさあ。ただそれだけのことでござんすから、買いかぶりはご免こうむりやすぜ」

「ま、そう言うな。並の町衆よりは詳しいはずだぜ」

言いながら小谷は千太をうながし、縁側の前を離れた。

「兄イ、吉良さまや加瀬の旦那のことはあとまわしにして、さあ品川へ」

「おう、そうだな」

市左がうながしたのへ、鬼助はあらためて腰を上げた。

だが胸中には、

(吉良の移転先は城外も城外、川向こうの本所だぜ)

と、ふたたび緊張が走っていた。

二

鬼助が米沢町の浪宅に、吉良家が本所二ツ目あたりに屋敷替えになると伝えたその日から、安兵衛は動いていた。

「——屋敷を特定し、そこの構造を知る算段をするのじゃ」

弥兵衛に言われ、すぐさま高田郡兵衛を呼び、二人で竪川の一ツ目、二ツ目の界隈を探った。吉良家が越して来そうな空き屋なら、広大な規模を持っていなければならない。找すのは容易だった。

「ここに違いない」

「ふむ、そのようだな」

二人がうなずきを交わしたのは本所二ツ目の界隈で、白壁がところどころ剝げ落ちている屋敷だった。

「確か、ここは……」

思い出すように言ったのは郡兵衛だった。

以前の住人は近藤《こんどう》登之助《のぼりのすけ》といった。百人組頭の高禄旗本で四年前に九十一歳で死去したあと、屋敷は召し上げられ無人となっている。惣地坪《そうちつぼ》二千五百五十坪、惣建坪八百四十六坪と広大な屋敷である。四年間も空き屋敷になっていたのは、このように広い屋敷に移転できる高禄の旗本など、そうざらにはないからだ。高家筆頭四千二百石の吉良家なら似合う。

「間違いあるまい」

「したが、この壁の剝げ具合から、中も外もかなり修繕が必要で、日数もかかろう」

「それに、防備も考えるだろうから、大がかりな改装となろうよ。ふふふ」

二人はまた顔を見合わせた。大工や左官など、多くの職人が屋敷に出入りすることになるだろう。

（そこに屋敷の中を窺う機会がある）

二人は同時に思ったのだ。

呉服橋の吉良邸は混乱していた。

上野介が老中から正式に、役宅返上と本所への移転を命じられたのだ。この年、元禄十四年葉月《はづき》（八月）なかばのことである。

しかも、

——即時にであった。

上野介は背を凍《い》てつかせた。柳営が内匠頭に即日の切腹を命じたとき、鉄砲洲《てっぽうず》の浅野家上屋敷の返上には三日の猶予を与えた。おなじである。引っ越しは三日以内にと厳命されたのだ。

浅野家のように改易ではなく引っ越しだから、あの日の鉄砲洲のように売掛金を抱えた商人や古着屋や見倒屋がドッと押しかけ、大混乱するようなことはなかったが、本所の旧近藤邸はなにしろ四年間手つかずのままなのだ。

憤慨し狼狽する上野介をなだめ、ともかく善後策を講じた家老の左右田孫兵衛《そうだまごべえ》は、自室に山吉新八郎を呼び、

「そなたには、よう尽力してくれた。礼を申すぞ」

六十代半《なか》ばという老齢の身で、三十がらみの新八郎に頭を下げていた。

——当面、殿さまには上杉家の下屋敷に移っていただく

その策を左右田孫兵衛は進め、渋る上杉家の家老色部又四郎《いろべまたしろう》を説得し、実現に漕ぎつけたのが新八郎だった。

吉良家正室の富子《とみこ》は上杉の姫であり、上杉家当代の綱憲《つなのり》は上野介と富子の子で、吉

良家から養子に入った若殿である。その後、上野介と富子のあいだに子が生まれなかったため、こんどは吉良家が綱憲の長子義周《よしちか》を養嗣子《ようしし》として迎えた。これほどに上杉家と吉良家の交わりには強いものがある。

このために色部又四郎は、難色を示しながらも断ることができなかった。このとき又四郎に新八郎は懇願した。山吉新八郎は義周が吉良家に移るとき、付き人として上杉家から随って来た家臣である。当然色部又四郎とは昵懇《じっこん》であり、こたびの交渉役として最適任で、新八郎はその役務をよく果たしたのだった。

孫兵衛は新八郎と膝詰めで、さらに言った。

「本所の屋敷は改装が必要じゃ。そのとき屋敷の間取りを探ろうと、浅野の残党が職人どものなかに紛れ込まぬとも限らぬ。それに殿が上杉家の下屋敷においでのあいだは心配いらぬが、本所にお移りいただいたあとの防御も考え、そなたにはさっそく本所の屋敷に入り、改装と警備の差配をしてもらいたい」

「御意《ぎょい》」

新八郎は両拳《こぶし》を畳についた。このとき新八郎の脳裡には、数名の配下を率いて本所に移る算段が早くもめぐっていた。その算段のなかに、荷運びも入っている。

（あの者たちも動員するか。加瀬充之介も見張り役に、普請《ふしん》のときから雇い入れてお

くのも一考かのう）

それに〝あの者たち〟とは、伝馬町の見倒屋、鬼助と市左である。

三

鬼助と市左は、東海道を江戸湾の袖ケ浦《そでがうら》に沿ったあたりを南へ進んでいた。

葉月もなかばを過ぎれば、潮騒《しおざい》のなかに吹く風に秋を感じる。二人は股引《ももひき》に腰切半纏《こしきりばんてん》を三尺帯で締めた職人姿である。

昼間であれば木刀を腰に差すわけにはいかない。代わりに鬼助は手斧《ちょうな》を肩にかけている。湾曲した三尺（およそ一米《メートル》）あまりの木の柄《え》の尖端に鍬形《くわがた》の刃物をとりつけた、材木を平らに削る道具だ。腰切半纏にこれを肩に引っかけておれば、誰が見ても大工だ。それは武器にもなる。市左は武器のつもりではないが、金槌と鑿《のみ》を入れた布袋を肩に引っかけている。さらに二人とも甲懸《こうがけ》を履いている。足首まで包み込む紐つきの足袋《たび》で、足袋跣《はだし》とおなじように足元が軽く、敏捷《びんしょう》に動ける。

袖ケ浦沿いの東海道といえば、やがて江戸庶民に知れわたる泉岳寺《せんがくじ》の、小ぢんまりとした門前町の通りが、街道へ丁字路となって口を開けている。そこを過ぎれば品川宿《しゅく》はすぐ目の前だ。

陽が西の空にいくらかかたむいた時分になっている。大八車や荷馬の列、旅人や土地の者にまじり、二人の足はそこにさしかかった。

「寄って行きやすかい、お参りに」

市左が気を利かした。泉岳寺の墓地には、浅野内匠頭《たくみのかみ》が眠っているのだ。

だが、鬼助は返した。

「いや。きょうの遠出は由蔵とお妙の事件に、決着をつけるためのものだ」

短い門前町の並びに、ちょいと目をやっただけで通り過ぎた。

鬼助は堀部家に仕えていたが、浅野家に奉公していたわけではない。以前お参りしたのは内匠頭の百カ日法要のときで、弥兵衛のお供だった。

内匠頭の墓所に元足軽風情が単独でお参りするなど、

(畏《おそ》れ多いこと)

思えてきたのだ。

潮騒が耳から遠ざかり、片方が海辺であったのが、両脇に民家がならびはじめた。

二人の足は、もう品川宿に入っている。

千住宿で由蔵とお妙が追いつめられ、追いつめた郡次と順治なる者が由蔵を殺し、

逆に差配していた宇之助なる者ともども千住宿の役人に捕えられ、江戸府内の大番屋に送られたことは、

「――千住の問屋場から品川の問屋場に伝えてあらあ。事件が府内の南町奉行所預かりになったってこともなあ」

小谷同心が言っていた。ならば当然、話は品川宿の番屋から港屋に伝えられているはずだ。

鬼助と市左の足は問屋場に向かった。そこに役人の番所がある。

「ほう、同心じゃなく、岡っ引が来たか」

番所の役人たちは、侮蔑《ぶべつ》するような、かつ迷惑そうな目を二人に向けた。

だが、話はした。それが、みょうな口ぶりで、しかも冗舌《じょうぜつ》だった。

「一応な、千住の件は港屋に伝えた。あるじは宇兵衛《うへえ》といって、茅場町《かやばちょう》の大番屋に引かれた宇之助は、確かに港屋宇兵衛のせがれだ。郡次に順治というのは、宇之助の遊び仲間だ。知らせたときにのう、宇兵衛はしきりに恐縮しておった。奉公人に二百両を持ち逃げされたなど、世間体が悪いので隠しておったそうな。それでなんとか找《さが》し出し、連れ戻して穏便に済ませようとして、せがれの宇之助を探索に出したのだが、郡次と順治を手足代わりに連れて行ったなど、わしらからの知らせで初めて知ったら

しく、驚いておった」

「そのとおりだ」

もう一人の役人が接《つ》ぎ穂《ほ》を入れた。

「宇兵衛が言うにはなあ、盗みはなかったこととし、殺された由蔵は気の毒だが、お妙の探索は打ち切って欲しい、と。なかなか殊勝な心がけではないか。郡司に順治とかいう与太者は相応の裁きを受けねばならないが、せがれの宇之助は、そのような与太者を連れて行ったのは身から出た錆《さび》といえなくもないが、とばっちりを受けるのは可哀相だと神妙な顔になってなあ。お妙は港屋が訴えなければ罪人《つみびと》ではないので、江戸町奉行所や宿場の役人が追うのをやめるとともに、せがれも早く返してもらいたいとな。奉行所の同心が来れば、それを言うつもりだったのだが、おまえたちじゃ仕方がない。府内に戻ったら、同心にそう伝えておけ」

「へえ、分かりやした」

鬼助は内心、首をかしげながら腰を上げ、

「兄イ、もう帰《けえ》るのかい」

と、不満顔の市左をうながし、番所を出た。

番所の役人たちは、鬼助と市左をまったく軽く見ていた。

夕刻近くの、そろそろ慌ただしくなる宿場町の人混みのなかに入った。

「なるほど」

鬼助は歩を進めながらうなずき、

「なにがなるほどなんでい」

「道中奉行配下の役人なんざ、やることがいい加減てことだ」

市左の問いに返した。

「事件の次第を記《しる》した書状を、番所の小者《こもの》が品川まで持って行ったんだろう。手を離れた事件で、わざわざ役人が出向くこともなかろうからなあ」

二人の足は、番所で聞いた港屋のほうへ向かっている。表通りから枝道に入り、さらに角を曲がったところにあるという。旅籠といっても、一見《いちげん》の旅人が草鞋《わらじ》を脱ぐような場所ではなさそうだ。

「そういやあ千住の役人たち、面倒くさがっていやしたからねえ」

「おっと、ごめんなすって」

肩の手斧の先が、向かいから来た女に当たりそうになり、身をかわした。

「いいえ」

女は通り過ぎた。

鬼助は話をつづけた。

「たぶん宿場役人同士の書状は、奉行所へ出した控帳とは異なり、俺たち江戸府内の岡っ引のことは一行もなく、番所の役人が殺しの現場に駈けつけ、てめえらが三人をひっ捕らえて江戸町奉行所に引き取らせたように書き込まれているのだろうよ」

「俺たちのことは出ていねえので？」

「そうさ。さっきのやつら、俺たちが現場に踏み込んで由蔵の言い分も聞き取って、三人を踏ん捕まえた当人だってことを知らねえってことよ。だからあんな頓珍漢《とんちんかん》なことを言ってやがったのさ」

「あの役人どもめ、港屋の宇兵衛に金轡《かねぐつわ》でもかまされているようでしたぜ。由蔵やお妙、それに郡次や順治が現場でとっさに叫んだこととまったく違ってらあ」

「どっちを信じるよ」

「分かり切ったことを訊くねえ。現場で聞いた声に決まってらあ」

「俺もそう思うぜ。さっきの腐れ役人どもの言いようから、こたびの騒ぎの元凶は港屋宇兵衛だってことに確信を持ったぜ。由蔵とお妙に、二百両を持ち逃げする気にさせたのもなあ」

「さすが兄イだ。いい勘してるぜ」

かげさ」
「ふふふ。これもおめえが見倒屋ってえ、世の裏を嗅ぎまわる商いを教えてくれたお
「ははは。ありがたがられているのか、からかわれているのか。ま、どっちでもいい
や。で、これからどうするんでえ」
「どうするって、決まってるだろが。小谷の旦那がもうすこし詳しく控帳を書く材料
を集める。由蔵やお妙が言っていた内容からすりゃあ、逃げ出した奉公人を殺したり
女中に客を取らせたりしているのが、ほかにもあるはずだ。宿場の飯盛り女は数が決
められており、どこも守っちゃいねえが、目に余りゃあ旅籠の者は闕所《けっしょ》（財産没収）
のうえ所払《ところばら》い（追放）とならあ。そこに殺しが加わりゃあ、死罪もなあ」
「宇兵衛も宇之助も、親子そろってこの先の鈴ケ森の仕置場で斬首……そりゃあ見物
人が押しかけやすぜ。あっ、そこの暖簾《のれん》、港屋って書いてありやすぜ」
「ふふふ。あの役人どもめ、場所だけは正直に教えてくれたようだな。まずは近辺で
聞き込みだ」
「へえ、ようがす」
陽が沈んだところだ。おもての町場は宿場の様相から色街へと変わり、港屋がある
ような裏手では、怪しい雰囲気がただよいはじめる。

飲み屋に入った。場末ではおもての旅籠や料亭とは異なり、職人にはおやじも酌《しゃく》婦《ふ》も親近感を持ってくれる。

飲み屋のおやじと酌婦は、港屋の話になると声をひそめた。由蔵とお妙のように、二百両もの大金を奪っての駆落ちは初めてのようだが、

「不意にいなくなった奉公人は幾人かいますじゃよ。知らねえ、どうなったかは」

「逃げ出した女中さん、連れ戻されてその日から客に添い寝さされてね。店のお金を盗んで逃げたとかで、可哀相にタダ働きさ。それもどうやら……あゝ、おぞましい。やることが汚い、汚い。お役人まで飼いならしてさあ」

あるじは他の客に聞かれるのを恐れ、酌婦はぶるると身を震わせた。どうやら女中には故意に帳場の金をふところに逃げ出すように仕向け、それを種に客を取らされているようだ。宇兵衛が考えついた、脅してタダ働きをさせる方法のようだ。

そのからくりを知った包丁人の由蔵と女中のお妙は、好き合《お》うて駆落ちしたのではなく、あるじにひと泡吹かせてやろうと盗みの機会をうかがい、決行したのかもしれない。だとすれば、逃げてからも一緒にいたのが、かえってまずかったことになる。

酌婦が他の客についたとき、鬼助と市左は額を寄せ合い、

「一人で逃げたお妙よう、責められねえぜ」

「そのようで」

鬼助がそっと言ったのへ、市左はうなずいた。連れ戻されれば、二百両の盗みで死罪になるか、それが嫌なら言うことを聞けと宇兵衛に迫られ、タダ働きの隠売女《かくしばいじょ》となって朽ち果てるしか道はないことになる。

となり合わせた客とも話した。

「あんたも行ってみなよ。あそこにゃ泊まるだけの客なんていやしないよ」

と、その客は港屋の近くのお店者《たなもの》だった。

二人は飲み屋を出た。

外はすっかり暗くなっている。

市左が好奇心からか、いっそうの探索をとの思いからか、

「どうするよ。そこの角を曲がりゃあ港屋だ。まっすぐ進みゃあ、まともな旅籠もあるがよ」

「ふむ。実地に確かめるか」

鬼助は返した。

表通りの旅籠はとっくに軒提灯を消し、暖簾も下げているが、裏手の港屋のあたりではまだこれからである。ちょいと路地をのぞけば、軒提灯に女の嬌声が聞こえてく

る。

「旦那、泊まりでどうですかい」

と、まだ玄関に明かりがあり暖簾も下ろしていない港屋の前を通りかかると、手斧や道具入れの袋を肩にした職人の二人連れに、一見して旅の者でないことは分かるのに声がかかった。それだけでも港屋が並の旅籠でないことが分かる。

「おう、二人だ。いいかい」

「そりゃあむろん、朝までごゆっくりと」

客引きの男は応えると暖簾の中へ、

「お二人さん、ごあんなーい」

忍ぶような声を入れた。

案内されたのは二人別々の部屋だった。

ふたたび二人が顔を合わせたのは風呂場だった。湯屋のようにゆったりした風呂ではない。底板が水面に浮いた据風呂《すえぶろ》で、いわゆる場所を取らない五右衛門風呂で女が来て背を流すことはなかったが、まだ新しい造作で流し場が広くとってあり、汗を流し温まるには快適だった。

「へへ、これだけでも極楽だぜ」

「まあ、そうだが、くれぐれも聞き込みだと覚られぬようにな」

「そりゃあ、むろん」

別の客が来たので二人は話を打ち切り、早々に上がった。蠟燭《ろうそく》の灯りがあるだけだが、見知らぬ客同士がバツの悪そうに顔をそむけてすれ違うのが、いかにも旅籠ではなく女郎屋の風情だ。

部屋の淡い行灯の灯りの中で待つあいだ、

(どんな女が、添い寝をするというのか)

好色の思いからではない。あくまで、港屋の裏を探るためである。

(お妙はいまごろ……)

思えてくる。役人の手を経た以上、捕まれば死罪は間違いないだろう。

(よく逃げてくれた)

思われてくる。

由蔵に対しては、

(あのとき、事情さえ分かっておれば)

とっさに頸根《くびね》を打ち据えたのは自分なのだ。結果として、順治に刺す機会まで与えてしまった。市左が捕まえたのが宇之助だったから、〃やったぜ〃との満足感があっても、鬼助のような複雑な思いにとらわれることはないだろう。

襖の向こうに声が立ち、女が入って来た。赤い長襦袢《ながじゅばん》だ。その表情に案の定、翳《かげ》りがあった。鬼助には、それが痛ましいものに見える。当然、長襦袢の肩を抱き寄せ、布団にごろりと横たわる気にはなれない。

ぎこちなく、酒を用意させた。

女も飲んだ。

いくらかは冗舌になったが、

『どうしてこの稼業に入ったんだい』

など、いかに聞き込みとはいえ、客がお女郎さんに訊くことではない。そのような野暮《やぼ》は、座を白けさせるばかりだろう。代わりに、酌み交わすなかに興味深いことを鬼助は聞いた。風呂の話だ。

「港屋《ここ》の風呂、据風呂だがなかなかいい造りじゃねえか」

と、話題にしたときだった。

「新しいはずさね」

女は言った。以前、港屋には風呂がなかったらしい。聞けばすぐ近くに大きな湯屋があり、そこに行っていたという。ところが一年ほどまえ、女の一人が客と一緒に湯屋へ出かけ、そのまま戻って来なかったという。

「お客さんと示し合わせたのか、いまだに行方はしれないのさ」

話す口調が、うらやましそうだった。港屋が屋内に風呂場を設けたのは、そのあとすぐだったという。

話の進むなかに、つい野暮に近いことを訊いてしまった。

座は白けた。

だが、女は言った。ぽつりと、一言だけだった。

「仕方がないのさ」

おそらく連れ戻され、盗みの罪を着せられ、報酬は喰う寝るところだけの状態で隠売女をさせられているのだろう。聞く鬼助にとって、女の言う〝仕方がない〟には、強烈な重みがあった。

四

翌朝、陽が昇ってからの出立《しゅったつ》となった。女は玄関まで見送ったが、さすがに朝から長襦袢《ながじゅばん》のまま外まで出ることはなかった。

表通りに出た。宿場町の朝が始まるのは日の出前からだが、江戸に近い品川の特徴で、旅籠を出た客のほとんどが、きのう江戸入りには遅く仕方なく品川で一宿をとったのか、江戸方向へ向かっていた。

そのなかに手斧と道具入れの布袋を肩にした鬼助と市左がまじれば、これから仕事に出る大工のように見える。

歩を取りながら、

「どうだった」

さっきから無口になっている市左に声をかけた。

「兄イのほうこそ、どうだったい」

と、市左は問い返した。聞き込みの場所が場所だっただけに、二人とも言いづらいところもある。

「ま、詳しくは訊けなかったが、俺たちの目に狂いはなかったなあ。港屋は女たちにとって、抜け出せねえ蟻地獄になっているようだ」

「ほうほう。兄イもそう感じやしたかい。俺のほうもそうだった。女はそれがなにか言わねえが、抜けられねえ理由《わけ》があるような口ぶりで……つまり」

「盗みの罪に嵌《は》められているってことだろう」

かかった。

「そのようで」

話しながら二人の足は街道のながれに乗り、ふたたび潮騒を聞き泉岳寺の前を通りかかった。

「加瀬の旦那よ、深川への荷運びを手伝えと来ているかもしれねえなあ」

と、すっかり脳裡を離れていた加瀬充之介の顔が浮かんで来た。鬼助にとって加瀬充之介の荷運びは、弥兵衛から〝できる限り懇意にするのだ〟と命じられており、小谷から請けている御用筋の仕事以上に大事なことなのだ。

だが市左は、

「あゝ、加瀬の旦那の引っ越しですかい。ありゃあ夜逃げじゃねえんだから、そう急ぐことはありやせんぜ。ともかくきょうは小谷の旦那じゃありやせんかい」

「もちろんそうだが」

二人は足を速めた。泉岳寺を過ぎてもまだ片側に袖ケ浦の潮騒が街道に迫っているが、往来人のなかでどれが品川宿から来た者か見分けがつかなくなる。向かいからも来る旅姿の者とときおりすれ違う。けさ江戸を発ち、これから品川宿を素通りし東海道を西への旅に出るのだろう。

田町《たまち》の町並みに入り、両側に家が建ちならび街道から袖ケ浦の潮騒が消えると、ようやく江戸の町に入ったとの思いがする。さらに歩を進め、新橋を過ぎると男も女も身なりの整った者が多くなり、日本橋の近いことが実感できる。

その新橋の、日本橋や京橋ほどではないにしろ、途切れることのない大八車や荷馬の響きに江戸城下を感じ取りながら渡り、西方向へ曲がると江戸城の外濠《そとぼり》に出る。そこに架かる数寄屋橋《すきやばし》御門の橋を渡り枡形《ますがた》に組まれた石垣を抜けると、門内の広場向こうに南町奉行所の正面門が見える。他の武家屋敷と違って、門は常時開いている。

鬼助と市左が辞を低くし、六尺棒の門番に小谷同心へ取次を頼んだのは、そろそろ太陽が中天にさしかかろうかといった時分だった。

取次を頼んだ者は返事があるまで、門内に入り門番詰所のとなりにある同心詰所で待つことになる。板敷きの部屋で、公事《くじ》（訴訟）の請願に来た者もここで待つことになり、すでに数人の者が入っている。いずれも羽織・袴を着けており、そこへ腰切半纏に手斧や道具入れの布袋を肩に引っかけた姿は奇異に見える。

「へへ、あっしら公事じゃござんせんので」

と、周囲の視線に市左が応えた。

さほど待つこともなく、小谷が母屋から小走りに来て詰所に顔を入れるなり、

「おう、もうそろそろ来てもいい時分だと思って、待っておったのだ」

と、外へ出るように顎をしゃくった。

岡っ引が同心を訪ねて来たときも、母屋には上がれずこの詰所で待たされることになるが、職人姿の鬼助たちは大工に見えても岡っ引には見えない。羽織の先客たちは一様に怪訝《けげん》な目で鬼助たちを見送った。

詰所の外に出ると小谷同心は、

「じっくり話すにはなあ、外のほうがいいのよ」

と、二人をうながし、急ぐように数寄屋橋御門を渡った。

南町奉行所のある数寄屋橋御門から、北へ濠端を半里（およそ二粁《キロ》）ほど進んだところに架かる呉服橋御門もそうだが、橋を渡るとすぐそこには日本橋からつづく町場が広がり、飲食の店にもこと欠かない。南北の奉行所は外濠城内であっても、まさに町奉行所と呼ぶにふさわしいところに門を構えていることになる。

数寄屋橋御門を出て、西へ三丁（およそ三百米）ほどのところに東海道が走っている。さっき鬼助と市左が歩いた街道からの枝道である。

そこを戻って東海道に入る角に和泉《いずみ》屋という茶店がある。その角をさっき鬼助と市左は曲がって数寄屋橋御門に向かったのだ。

茶店にしては大きな店で、茶菓子の串団子や煎餅《せんべい》だけでなく、蕎麦《そば》も出している。

道行く者がちょいと休めるように軒端《のきば》にも縁台を出しており、暖簾を分けて店内に入ると土間に縁台がならび、そこから奥につづく廊下に入れば、襖《ふすま》ではなく座敷とは言いがたいが、板戸で仕切った部屋がならんでいる。

「おう、また邪魔するぞ」

長身の小谷同心が頭で暖簾を分けると、

「あらあ、旦那」

「これはこれは小谷さま」

と、茶汲み女は愛想よく迎え、亭主も板場から出てきて腰を折った。〝また〟と言うのだから、小谷は和泉屋《ここ》の常連のようだ。

「いつもの部屋、空いておるか」

「はい、空いております。ささ、どうぞ」

茶汲み女が先に立って小谷たち三人を奥に案内した。

〝いつもの部屋〟とは、一番奥の部屋だった。

「となりの部屋も、な」

「分かっておりますとも」

小谷の言ったのへ茶汲み女は応えた。

部屋は板敷きに藺《い》で編んだ薄べりを敷いて座る簡易な造作だが、外で立ち話はなんだからちょいとその辺でとか、お茶でも飲みながらゆっくり休憩をといった客には便利な店だ。となりの部屋とは板戸で仕切られ、一方が板塀の内側に人ひとりが通れるだけの庭に面した明かり取りの障子なので、部屋はことさらに明るい。板塀の向こうは、さっき三人が歩いて来た、数寄屋橋から東海道につながる枝道である。

案内した茶汲み女が、

「それでは旦那。お話がすむまでとなりは空けておきますので」

と、注文を聞いて廊下側の板戸を閉めた。

「えっ、となりをなんで空き部屋に？」

「同心の旦那方はな、岡っ引と話すときはいつもこうしなさるのさ」

市左の問いに鬼助が応えた。浅野家臣の存念に関する話をするとき、鬼助がいつも周囲に気を遣う発想とおなじである。

「そういうことだ。盗み聞きをされない用心でなあ」

小谷は鬼助の言葉をつなぎ、

「で、どうだった。港屋の感触は」

「ありゃあ疑わしいというより、間違《まちげ》えありやせんぜ。あるじの宇兵衛はいい跡取りを持ったもので、女たちはタダ働きの隠売女《かくしばいじょ》にされ、泣きの一生を送るようになっているようで」

「逃げられねえカラクリも分かりやしたぜ。ま、これの確証を得るにゃ、あるじの宇兵衛やせがれの宇之助を締め上げて吐かせなきゃならねえようでやすがね」

と、鬼助と市左は交互に昨夜の聞き込みを話した。

「ふーむ。やはり、そうか」

「え、やはりとは？」

小谷が意味ありげなうなずきを見せたのへ、鬼助は薄べりから膝を乗り出した。市左も視線を小谷に釘づけている。

「若い宇之助はけっこうしたたか者だったが、与太の順治はおめえの目の前で由蔵を刺したもんだから、言い逃れはできねえ」

と、小谷は話しはじめた。

「だがよ、順治も郡次も、言い逃れをたらたら垂れ流しやがった。旅籠と称して雇い入れた女中や包丁人や手代たちをよ、人使いの荒さで逃げ出したくなるように仕向けて金まで盗ませてよ、それでせがれの宇之助を差配に郡次と順治に追いかけさせ、男は殺して女は連れ戻し、役人に突き出すか客を取るかと迫って店に縛りつけるってえ手の込んだ技法を駆使してやがったのよ」

こんどは鬼助と市左のほうが〝やはり〟とうなずいた。

「ところが由蔵とお妙が二百両盗んでの駆落ちには、やつらも驚いていやがった。事前に察知できず、それで找し出すのに手間取ったというのよ。ほかの女たちは盗んでもせいぜい一両か二両だったらしい。それも帳場机の上にわざと置いておいたのをなあ。ところが由蔵とお妙は二百両で、しかも事前に示し合わせて機会を狙い、けっこう巧妙だったらしいぜ。それで四月《よつき》もかけて找し出してみると、見倒屋のおめえらが絡《から》んでたって寸法よ」

「ほう」

「なるほど」

鬼助と市左はあらためて得心のうなずきを入れた。

小谷はさらにつづけた。

「ともかくだ、おめえらの聞き込みのおかげで、郡次と順治の言い分に、ほぼ間違《まちげ》えねえことが分かった」

「ほぼ、ですかい」

「俺たちの訊き込みじゃ、それに決まりですぜ」

鬼助と市左が同時に不満の声を入れた。

「ふふふ、おめえらの言い分は分からあ。だがよ、港屋へ打込んであるじの宇兵衛をこっちの大番屋に引き立て、直接吐かすってえ手順を踏まなきゃならねえ。お奉行のご裁許はそれからだ。まあ、宇兵衛と宇之助の親子、それに与太の郡司と順治らの打ち首、獄門は間違えあるめえ。場所は品川の鈴ケ森ってえことになろうから、こりゃあ見物人が大勢集まるぜ」

「ちょっと待ってくれ」

ふたたび声を入れたのは鬼助だった。

「打込むって、港屋の者を一網打尽にするのかい。女たちはどうなる。お縄にするのかい」

「仕方あるめえ。吉原以外の隠売女はご法度だ。それに盗みもあるとなりゃあよう」

「だから待ってくれよ。あいつら、嵌《は》められてああなったんだぜ。それでも罪かい」

「宇兵衛たちだけを獄門台に上げりゃそれでいいじゃねえか」

鬼助と市左は口をそろえた。

「難しいなあ。考えてみろい。宇兵衛とやらよ、せがれや配下の与太どもが御用になったってえのに、逃げ出しもしねえでまだのうのうと港屋の暖簾を掲げてやがるのはなぜだ。身柄を預かったのが江戸町奉行所で、品川宿は道中奉行で勘定奉行の支配地だ。いわゆる支配違いで、トカゲの尻尾切りだけで済むと思ってやがるからよ。それにおめえらの話じゃ、品川の宿場役人どもよ、港屋にけっこう鼻薬を効かされているようじゃねえか。飼いならせるほどに」

「そのとおりでえ。近くの飲み屋もそう言ってたぜ」

市左が声を入れ、小谷はさらにつづけた。

「だから宇兵衛とやらめ、高をくくっていやがるのだろう。そこへ打込みをかけるのだから、嫌でも店の者は一網打尽《けえ》とならあ」

「旦那、あしゃあ岡っ引の手札を返し、女たちを逃がしてやるぜ」

「兄イ、そりゃあせっかちだが、俺も一緒に女たちを逃がすのは手伝うぜ」

「そう、せっかちだ」

小谷はゆっくりと言い、

「手札は返さなくても、おめえらは隠れ岡っ引だ。打込みの際に俺についている必要はねえ。港屋に入りびたってよ、打込みの直前に逃がしてえやつらを逃がしてやりゃあ、ふふ、捕方が御用にするのは、そのとき港屋にいた連中だけってことにならあ」

「ほっ、旦那。打込みはいつでえ」

鬼助は、さらにひと膝まえにすり出た。

廊下のほうから、

「あら、お客さん、申しわけありません。その部屋、ちょいと予約が入っておりますもので」

「あらそう。だったらこっちの部屋にしましょうかねえ」

茶汲み女の声に、女の客らしい声が聞こえた。一番奥の部屋はしばし話を中断し、板戸の向こうの動きが収まると小谷はふたたび話しはじめた。となりの部屋は空いたままだ。

「きょう俺が奉行所に帰《けえ》ってから、おめえらの話を控帳に記《しる》し、与力にまわるのはあしただ。その与力しだいさ。あしたの夜に打込むか、あさっての夜になるか」

「夜かい」

と、鬼助。

「あゝ、淫売窟《いんばいくつ》に打込むのはいつも夜だ。現場を押さえる必要があるからなあ」

「お、お、俺たちまで捕まっちまうじゃねえか」

「ふふふ。日時が決まれば直前に千太を港屋へ走らせようじゃねえか。どうやって逃げるかは、おめえらの裁量でやれ。捕まって俺に面倒をかけるんじゃねえぞ」

市左が慌てて口を入れたのへ、小谷は応えた。

五

茶店の和泉屋を出たのは、太陽がすでに中天を過ぎた時分となっていた。蕎麦に餅も出たので腹ごしらえはできた。

京橋の騒音を過ぎれば両脇の商舗《みせ》は、街道に出している茶店の縁台も和泉屋とは違って赤い毛氈《もうせん》がかけられ、すっかり日本橋気分の装いになる。

「あの小谷の旦那よ、大《てえ》したお役人だぜ。逃がしてえやつらを、俺たちに逃がさせてくれるたあ」

「あはは。ほんとうに女たちを逃がしてえと思っているのは、小谷の旦那のほうさ。俺はそう感じたぜ」

市左の言ったのへ鬼助が返している。

二人の足は日本橋を過ぎた。磯幸の前だ。寄っていくかどうかも話題にならないいま、通り過ぎた。とくに鬼助は、品川の港屋に一夜を過ごしたあととあっては、聞き込みとはいえ奈美に会うのが照れくさい気分になっていた。

「ともかく、千太じゃ頼りねえが、あしたからまた品川に行かにゃならねえなあ」

「場合によっちゃ、あさっての夜まで入りびたりってえことに。へへへ」

と、鬼助は深刻そうだったが、市左はなかば楽しそうだ。二人の足は神田の大通りから、大伝馬町の通りへ入った。あと一回ばかり角を曲がれば百軒長屋だ。

曲がった。

「おっ、あれは」

「加瀬の旦那じゃござんせんかい」

鬼助に市左がつないだ。棲家の玄関前に百日髷の加瀬充之介が立っている。

「いよう、戻ってくれたか。きのうからいなかったというではないか。いや、よかった、よかった」

と、手を振る。聞けば午前に一度、さらにまた一度来たという。

ともかく雨戸を開け、

「いやあ、ちょいと野暮用で出かけておりやして。ささ、中へ」

と、縁側の雨戸も開け、奥の居間にいざなった。

用件は、

「あしただ。荷を本所の空き家に運んでくれ」

「えっ」

「それは」

と、鬼助と市左は同時に声を上げた。

「なんだ、約束だったではないか。本所に運んだあと、呉服橋の吉良邸にも行ってもらいたい。呉服橋からも家財だけさきに本所へ運ぶらしい。それの手伝いだ。その総差配は、ほれ、おまえたちにも引き合わせた山吉新八郎どのだ。おなじ日に上野介さまも、白金村《しろかねむら》の上杉家の下屋敷へお移りになるそうじゃ。そのほうにまわってもらうかどうかは、あした吉良邸で山吉どのが決めなさろう。どうじゃ、悪い話ではないぞ。山吉どのは、日当ははずむと言っておいでじゃからなあ」

「兄イ。こりゃあ困ったぜ」

「なにか具合の悪いことでもあるのか。こっちだって、来てもらわねば困るぞ。すでに山吉どのはおまえたちを数に入れておいでじゃからなあ」

言う加瀬に、鬼助は即座に段取りを決めた。〝本所へ〟の一言が、鬼助にそうさせたのだ。

「ようがす。あっしがあした大八を牽いて須田町へ参りやす。市どん、すまねえがあしたのお助け仕事、さきに一人で行っててくんねえ《めえ》」

「えぇえ！　俺一人で!?」

「なあに、本所の仕事は俺が大八を牽いて行って、あと白金の仕事があってもそれをすましゃあ、その足でおめえのところへ駈けつけらあ」

「そ、そうかい。早く来てくれよな」

「なんだか大事な見倒しの仕事があるようだなあ。こっちは大八さえ持って来てくりゃあ、人足は一人でもいい。わしはこれから長屋のかたづけもあるから。ともかく頼んだぞ」

「へいっ。たしかに請《う》けやした」

不安顔の市左を尻目に、鬼助は玄関を出る加瀬充之介に明確に言い、

「市どん。俺、ちょいと出かけてくるぜ」

「どこへ？」

「両国の米沢町だ」

「えっ、そんなら俺も」

市左が言ったときには、もう鬼助は玄関を飛び出していた。

「いってえ、なに考えてんでえ、兄イは」

市左は一人愚痴《ぐち》りながら物置部屋に入り、由蔵とお妙から預かったままになってい

る所帯道具を見つめ、

「早くこいつを処分してえぜ」

つぶやいた。

玄関を飛び出した鬼助は、大伝馬町の通りを両国広小路へと急いだ。米沢町の浪宅へ、吉良の引っ越しを報告しなければならない。

いつものように母屋の横合いを抜け、裏庭にまわって訪《おとな》いの声を入れた。

安兵衛はいなかった。いま本所に高田郡兵衛と一緒に出かけているという。早くも地形を調べているのだろう。

「そのことにございます」

品川から帰った職人姿のまま、鬼助は縁側に腰をかけ身を居間のほうへねじり、真剣な表情で言った。

「吉良上野介はあす、呉服橋から白金村の上杉家下屋敷へ暫時《ざんじ》移り、本所二ツ目の新邸にもあす、吉良家臣の一部と加瀬充之介どのらが入り、改装が始まるとのことでございます。それら移動の総差配は山吉新八郎とのことでございます」

「ふむ、ふむふむ。鬼助、よう知らせてくれた」

弥兵衛は膝ごと縁側にすり出た。

さらに鬼助は、

「加瀬どのの荷は、あっしが本所二ツ目の屋敷まで運ぶことになっております」

「おぉう、それはよい。よしなに頼んだぞ」

「御意」

職人姿だが、武家主従のやりとりになっていた。

鬼助は神田伝馬町に引き返す一歩一歩に、港屋の件もさりながら、旧浅野家臣の存念も大きく動き出す気配を感じていた。


翌朝である。

陽が昇ったばかりだ。

出職《でじょく》の大工や左官たちが朝日に長い影を引いて普請場《ふしんば》へ向かい、つぎに長屋を出て来たお島が、

「あらあ、こんなに早く見倒し？」

「人聞きの悪いことを言うねえ。お助けと言ってもらいてえなあ」

大八車を出そうとしていた二人に声をかけ、市左が軛《くびき》に手をかけ返した。鬼助は玄

関の雨戸を外から閉めようとしていた。

「そうそう、お島さん。ここ二、三日中にあのときの割前、出せるかもしれねえ」

「えっ、ほんとう？　早くしておくれよね。ずっと待ってんだから」

鬼助が言ったのへお島が返し、

「あゝ。近いうちに、洗濯物も長屋の人らに出すよ」

市左も言った。

きのう鬼助と市左は、

「——お妙はもう戻って来ねえだろうし、事件の動きも品川の港屋に移り、由蔵らの所帯道具はもう証拠の品にもなるめえ」

と、話し合ったのだ。実際に事件の核心は千住から品川に移り、由蔵とお妙の影は一連のながれから消え、小谷同心などは端《はな》から由蔵たちの千住までの経緯にも所帯道具にも関心は示していないのだ。

「待っているからね」

お島は背の行李をぐいと押し上げ、おもての角を曲がって行った。

きょうは市左も加瀬充之介のささやかな所帯道具を引き取るのに同行し、それから品川に向かうことになっている。

須田町の長屋に市左も行ったのはさいわいだった。これから住み込みの用心棒稼業に出るのだ。布団も茶碗も包丁もいらない。運ぶというより持って行くのは着替えの身のまわり品だけで、風呂敷に包んで背負える程度の量だった。だが、大八車はやはり必要だった。

「まあ、捨てるよりはましだと思ってくだせえ」

と、その場で市左が見倒し、飲み屋で一杯ひっかけるくらいの銭にはなった。

「ほう、こんなものでも金になるのか。ありがたい」

と、加瀬は喜んでいた。

それが終わると、

「兄イ、遅くならねえでくだせえよ」

と、品川へ向かった。この時分からなら、品川へは昼間のうちに着く。千太がいつ駈け込んでくるか分からないし、それに明るいうちに港屋で湯にも浸かり雪隠《せっちん》にも行き、口実をもうけて裏の勝手口の場所も調べておかねばならない。打込みがきょうかあすかは分からないが、イザというときに女たちを逃がす算段を立てておかねばならないのだ。

鬼助は大八車を牽き、両国橋に向かった。須田町からなら伝馬町はちょうどその途

中になり、

「すまねえ、旦那」

と、見倒した古布団などを棲家へ運び、それから両国橋である。ここからは大八車に載せているのは、背負えるほどの風呂敷包みが一つだ。加瀬一人でも運べるがそうはいかない。昼間から百日髷の浪人が風呂敷包みを背に歩いていたら、夜逃げではないが借金取りから家財を背負って逃げているようで、みっともないことこの上ない。やはり供の人足は必要なのだ。

両国広小路に入った。まだ午前というのに芝居小屋や見世物小屋は木戸を開け客寄せの声を張り上げ、屋台の食べ物屋はむろん独楽《こま》まわしの大道芸人や太鼓を打ち鳴らす飴売りも出ており、広場に面した茶店からは赤い毛氈《もうせん》を敷いた縁台の横で若い茶汲み女たちが黄色い声を往来人に投げかけている。

「まっこと世の中はにぎわっておるのう」

「そのようで」

加瀬充之介は轅《ながえ》を牽く鬼助と並んで歩を進めている。

両国橋に入った。周囲の騒音にいっそうの繁栄を感じる。だが、鬼助の牽く大八車の音は、それら繁栄を示す響きではない。

橋板の響きを抜け、掘割の竪川に沿った往還に入った。一ツ目橋は大川への河口からすぐのところにあり、そこから二ツ目橋が見える。それを見ながら掘割の流れを離れれば吉良家の新たな拝領屋敷がある。

表門も裏門も八の字に開いており、大八車や職人たちが出入りしている。大八車は呉服橋の屋敷から荷を運んで来たのだろう。職人たちはまだ仕事にかかっておらず、吉良家の家士と一緒に屋内をまわり、どこをどう修繕するかを点検しているようだ。鬼助も職人姿だ。屋敷のどこを歩いても違和感はない。加瀬充之介以外にも浪人者の姿が数人見られた。加瀬と同様きょうから雇い入れとなり、いま来たばかりといった風情だ。

山吉新八郎も来ていた。

「おおう、加瀬どの。待っておったぞ。きょうから屋敷全体がおぬしらの持ち場と思うてくれ。しばらくごった返すだろうが、ひとまず屋敷の構造だけでも頭に入れておいてくれ」

と、配下の家士を加瀬につけ、鬼助には、

「ほう、おまえが来たか。このあとすぐ大八車がわしと一緒に屋敷へ戻るゆえ、そこに加われ。仕事はまだあるでのう」

言うと母屋の中へ消えた。加瀬と一緒に屋敷内をまわりたかったが、加勢の風呂敷包みを言われた部屋に運ぶ機会には恵まれたものの、そのあと誰にもなんの指図もされなかった。ただ庭で待っているだけだったようなので、

（よし）

と、大八車を停めた庭を找すふりをして母屋を一巡し、歩幅で距離を測り、裏門のあたりも見てまわった。屋内に入り込むのではなく、しかも職人姿なので誰からもなんら怪しまれることはなかった。

もとの庭に戻ると、中間《ちゅうげん》や鬼助とおなじ職人姿の人足たちが五、六人、大八車を停め手持ち無沙汰にたたずんでいた。

屋敷を出た。山吉新八郎が数名の家士とともに前を歩き、カラの大八車が五台、そのうしろに音を立てて随っている。そのなかに鬼助もいる。太陽がちょうど中天にさしかかった時分になっていた。

列はふたたび両国橋を渡り、広小路を抜け大伝馬町の近くを通って日本橋に向かっている。磯幸の前を通った。鬼助は意識していなかった。頭の中でさきほど図った母屋の周囲の歩数を忘れないように、幾度も幾度も反芻《はんすう》していたのだ。できればこのまま伝馬町に帰り、明確に覚えているうちに絵図面を描き、歩数も書き込みたかった。

だが、これから差配の山吉新八郎とは長いつき合いが始まるのだ。怪しまれるような動きは見せられない。黙々と随った。だが頭の中には幾種類もの歩数が、母屋の輪郭とともにめまぐるしく行き交っている。足だけが列に従い、呉服橋を渡って桝形の石垣を抜けたのも覚えていないほどだった。

吉良邸では家財を運び出す混雑の中ににぎり飯が出た。鬼助は黙々と食べた。人足仲間と雑談など交わせば、頭の中の数字が飛び散ってしまいそうだ。

山吉新八郎の配下から下知《げじ》があった。こんどは本格的な荷運びで、ふたたび本所に行きたかったが、五台とも白金村の上杉家下屋敷だった。

これが改易であったなら、市左などよだれを垂らして見倒したくなるような金目の品々ばかりだった。荷台には莚《むしろ》に布を敷き、上も布で覆い、まるで病人を乗せたように振動にも気を遣い運ばねばならなかった。鬼助の大八車には吉良家の中間が二人、あと押しについた。

鬼助は黙々と大八車を牽いた。脳裡には歩数の数値が渦巻いている。

荷運びの一行が江戸城下の西外れになる白金村に着いたのは、陽が西の空に大きくかたむいた時分だった。

屋敷の者にうながされるまま大八車を裏庭に入れると、白髪まじりの茶筅髷《ちゃせんまげ》に絹の着物をまとった品のいい老人が、荷を迎えるように縁側へ姿を見せた。荷駄隊を差配して来た吉良家の家士や中間たちが一斉に片膝を地につけたので、素早く鬼助もそれに倣《なら》った。その刹那《せつな》に、鬼助は老人の額に傷跡があるのを慥《しか》と見た。浅野内匠頭が斬りつけた額の傷、吉良上野介である。ひと足さきに白金村に移っていたようだ。仲間の人足たちも驚いたように、中間たちをまね、ぎこちなく片膝を地につけた。

「あゝ、よいよい。仕事をつづけよ」

上野介は言うと、

「あぁ、その箪笥は向こうの部屋じゃ。その行灯はわしの部屋に運べ」

と、みずから差配しはじめた。運んで来たのは、上野介の身のまわりの品だったようだ。屋内には家士が運んだが、縁側までは鬼助たちの仕事だった。そのあいまに鬼助は、ちらちらと上野介を見ることができた。浅野家臣で吉良上野介の顔を知る者はいない。江戸留守居だった弥兵衛も、上野介に会ったことはない。浅野家ゆかりの者で、鬼助が最初に上野介の顔を脳裡に収めたのだ。鬼助は、事の重大さに高鳴る心ノ臓を懸命に抑えた。

すべてを運び終えた。これから呉服橋に戻ったのでは、すっかり日の暮れたころとなっているだろう。鬼助は焦りを覚えた。これからまたなにか仕事があれば、品川に行くのがまったくの深夜になってしまう。

さいわいなことに、吉良家の家士が出て来て人足たちに、

「ご苦労だった。きょうの日当はここで出す。まだ本所に運ぶ荷があるゆえ、あす日の出のころにまた呉服橋へ来るように」

告げると日当を一人ずつ手渡しはじめた。鬼助は加瀬充之介の風呂敷包みを運んだついでの仕事となったが、それでも一人前の日当をもらった。

「こんな割のいい仕事はめったにねえぜ」

「それがあしたもとはありがてえ」

と、人足たちはほくほく顔でカラの大八車を牽いて下屋敷を出た。どうやらいずれも、吉良家から直接動員された荷運び屋のようで、もらった日当は通常の荷運び仕事よりも割高だったようだ。

鬼助は終始無口だった。仲間となった人足たちからはみょうなやつと見られ、家士にはよく働く人足と映ったことだろう。歩数の数値以外で鬼助の脳が動いたのは、

(よし、あしたも)

算段したことのみだった。

これから伝馬町に戻って大八車を置き、品川に向かったのでは、やはり着くのは深

夜になってしまう。奉行所の動きが分からないでは、用心のため一刻も早く港屋に入っておかねばならない。

大八車を牽く鬼助の足は、白金村から東海道の田町に向かった。田町なら白金村から品川へ向かうのにわずかな寄り道だけで済む。田町二丁目の炭屋芝田屋《しばたや》に向かったのだ。

芝田屋清兵衛《せいべえ》の姪《めい》の多恵《たえ》は、足軽の娘として鉄砲洲の浅野家上屋敷のお長屋に住んでいた。突然の改易がなければ、いまごろは奈美の配下で戸田局付きの奥女中になっているはずだった。それがいきなり屋敷を出なければならなくなり、叔父の芝田屋にころがりこんだものの、悪徳女衒《ぜげん》に騙され、内藤新宿の女郎に売り飛ばされそうになった。そこをなかば力づくで救ったのが鬼助だった。

ちょうど日の入り時分になっていた。不意に大八車を牽いて来た鬼助に清兵衛は驚き、多恵も奥から出て来た。

「おぉう、これは多恵さん」

と、すっかり町娘になっている多恵に鬼助は安堵し、

「すまねえ。今宵一晩この大八を預かってもらいてえ。それよりも紙と筆を！」

急《せ》かすように頼んだ。

本所吉良邸のおよその絵図面を描き、覚えていた数値を一つひとつ書き込んだ。

「ふーっ」

肩の荷が降りたように、大きく息をついた。実際、全身の軽くなるのを覚えた。

絵図面を封書にし、

「すまねえがあした、これを日本橋の奈美さんのところへ、米沢町の堀部さまに届けるようにと持って行ってくれねえか。おっと、理由は訊かねえでくれ」

奈美をとおして堀部家へ書状となれば、旧吉良家臣に関わりのあることと多恵にも察しはつく。

「分かりました」

応えた。

「それじゃあしたの朝まで大八を」

と、鬼助は首をかしげる清兵衛を尻目に、急ぐように芝田屋を出た。すでに一帯には夜の帳《とばり》が降りかけている。

東海道を品川宿へと速足になった。脇差はおろか、木刀も手斧も持っていないのがどうも不安に感じられる。

途中、

「ここをよ、奉行所の捕方が大勢、品川のほうへ走って行きやせんでしたかい」

と、沿道で二、三、聞き込みを入れた。捕方は街道を走っていない。打込みはまだのようだ。

だが、港屋に異変は起きていた。

六

（芝田屋で提灯を借りておけばよかったなあ）

鬼助は思いながら、泉岳寺の前にさしかかった。門前町が街道に向かって口を開けているところに、葦簀《よしず》張《ば》りではない常店《じょうみせ》の茶店があるが、すでに雨戸は閉まっており、門前町の通りにちょいと視線をながしたが、灯りはすでになく人影もない。これから品川の遊郭へ遊びに行く粋人か、潮騒にまじって街道に提灯の灯りがちらほら揺れている。それを頼りに歩を進めたのでは、追剝《おいはぎ》が機会を狙っているようで、相手に無用な恐怖感や警戒感を与えるだろう。

（まずいなあ）

思いながら泉岳寺の前を通り過ぎた。

市左が心細く待っていることを思えば、急がざるを得ない。打込みは夜だと小谷は言っていた。それがきょうなら、いまにも千太が背後から提灯を激しく揺らせ駈けて来るかもしれない。

「おっとっと」

石につまずき、数歩前にたたらを踏んだ。

夜の帳《とばり》が降りかけ、屋内ではすでに灯りが必要な時分である。田町二丁目で鬼助が芝田屋を急ぐように出たころになろうか。

品川宿の港屋では、その家屋の間取りをほぼつかんだ市左が部屋に戻り、きのうとおなじ女を敵娼《あいかた》に、

「おめえら、逃げ出したいんだろうなあ」

「あら、分かりますか」

「顔に書いてあらあ」

と、二晩つづけておなじ客となれば、女のほうもかなり打ち解けている。

布団は敷いてあるが、同衾《どうきん》などできない。いつ千太が飛び込んで来るか分からないのだ。イザというときには、

（女たちに帳場荒らしをさせて逃がしてやろうか）

などと算段しながら、

（それにしても兄イ、遅《おせ》えなあ）

女の酌で、膳の酒をかたちばかりに口へ運んでいる。

「お客さん、なんだかそわそわと、落ち着かないようですねえ。きのう一緒だったお人でも来なさるのですか」

「お、おう。まあ、そんなところだ」

女に言われ、市左がいくらか慌てたように返したときだった。

玄関のほうが、なにやら騒がしくなった。男の喚《わめ》き声が聞こえ、ついで、

「きゃーっ」

女の悲鳴だ。飲み屋や女郎屋では、酔った勢いか客同士の喧嘩や女との諍《いさか》いは珍しいことではない。いつもの騒ぎの一つかもしれない。市左の敵娼《あいかた》の女は別段、驚いたようすでもないが、市左は緊張した。千太が飛び込んで来たと思ったのだ。

が、聞こえた。

「宇兵衛、出て来い。恨みがあるぞうっ」

声も千太のものではない。

男はなおも喚《わめ》きながら、掛行灯《かけあんどん》の灯る廊下を違《たが》わず奥のあるじの居間へ向かってい る。出て来た女たちも男衆《おとこし》たちもただ驚愕のなかに狼狽《ろうばい》するばかりである。

「なにごと！」

市左は部屋を飛び出た。

男が廊下を奥へ走るのが見えた。遊び人風体《ふうてい》だ。

周囲が狼狽し腰が引けたのもうなずける。男はなんと抜刀しているではないか。

敵娼の女も部屋から出て来た。

「あぁ。あのさきは旦那さまの部屋！」

市左の肩越しに言う。

「どういうことだ。なに者だ、あいつは？」

「ううん」

女は激しく首を横に振った。知らない男のようだ。

「よし、見とどけてやる」

市左は、男の標的はあるじの宇兵衛と看て取ったか、大股であとにつづいた。女も小走りに市左へしがみつくように随った。

奥の突き当りの襖《ふすま》が、宇兵衛の居間だ。

騒ぎが聞こえたか、

「どうした、また酔っ払いかい。困ったもんだ」

声とともに襖が開いた。灯りに見えた顔はあるじの宇兵衛だ。

「宇兵衛！　死ねっ」

男は大上段に振り上げた刀を打ち下ろした。

「うぐっ」

宇兵衛は悲鳴を上げる間もなかった。呻《うめ》くと同時に、胸から噴き出た血の激しさに体が飛ばされ、その身は部屋の中へ引き戻されるようにぶっ倒れた。仰向《あおむ》けになっている。もう、ぴくりとも動かない。即死だったようだ。

「きゃー」

市左の敵娼がけたたましい悲鳴を上げた。

予期せぬことに市左は息を呑んだ。

他の女の悲鳴もつづき、男衆たちも居合わせた客たちも驚愕するばかりだった。

「どけ、どけ、どけいっ」

男は血刀を持ったまま廊下を引き換し、玄関に向かった。

市左の目の前を通った。顔にも胸にもかなりの返り血を浴びているのが見えた。

「おぉぉぉ」

「血が、血が！」

周囲の者は道を開けた。

男は玄関から闇の中へと走り出た。

廊下の奥に声が上がった。

「旦那さまがーっ、殺されてるうっ」

すべてがとっさのことに、血刀を持ったまま玄関を走り出た男を追う者はいない。

叫ぶ者はいた。客か、男衆か分からない。

「問屋場にぃ！　お役人の番所だぁ！　知らせろっ」

その男か、それとも別の男か、玄関を走り出た。

〝役人〟と聞き、

（——店の者は一網打尽）

瞬時、市左の脳裡に小谷同心の言葉がよみがえった。

市左へしがみつくように、敵娼の女はまだそこにいた。

「おい、港屋はもう終わりだ。おまえたちも捕まるぞ」

「えぇぇ！」

「金だ、一両でも二両でもいい。持って裏の勝手口から逃げろ！　なあに、おめえらの稼いだ金だ。お仲間の女、みんなそろってだ！」

「は、はい」

言われて逃げることに気づいたのは、この女が最初だった。

その直後だ。帳場机のまわりに女衆や男衆がむらがり、略奪の場となりかけた。小判や小粒金《こつぶきん》の乱れ落ちる音が聞こえる。敵娼だった女たちはそこをうまくくぐり抜けたようだ。あとは混乱のなかに姿を見失った。

（いけねえっ。俺も客だ、危ねえ！）

市左は寝巻ではなく、職人姿だったのがさいわいだった。素早く誰の雪駄か分からないがふところにねじ込み、玄関を飛び出そうとした。

その刹那《せつな》だった。

「どこだあっ、殺しは！」

鉢巻《はちまき》にたすき掛けの番屋の役人たちが、打込み用の長尺《ながしやく》十手を振りかざし、弓張《ゆみはり》の御用提灯に六尺棒の捕方十人ほどを引き連れ走り込んで来た。

「わあっ」

市左は跳び下がり、素早く捕方たちの脇をすり抜けるように外へ出てふり返った。

「どこだあっ」

「御用だあっ」

「あわわわっ」

と、中は悲鳴に叫喚《きょうかん》が飛び交っていた。

このとき、表玄関からすり抜けるように飛び出たのは、市左一人だった。

(女たち、逃げろよ!)

念じ、野次馬の集まりかけたなかを逆走し、その場を離れた。

打込んで来たのは、小谷健一郎ら南町奉行所の一群ではない。

(ともかく知らせなきゃあっ)

脂粉の香がただよう色街を走り抜け、表通りに出るとさらに走った。来た道を返したのだ。

提灯を持っていない。雪駄を持ちだしただけでもさいわいだった。

「おっとっと」

石につまずき、たたらを踏んだ。

品川宿の町並みを抜けた。

あとは暗闇だ。

潮騒が聞こえる。

（いけねえっ。巾着《きんちゃく》を部屋に残したままだ）

瞬時、足をとめたが、すぐまた急ぎ足になった。

七

「ん？」

鬼助は目を凝らした。十数歩前方に揺れていた提灯が、不自然に激しい動きを見せたのだ。

同時に、潮騒に混じって声が聞こえた。

「すまねえっ。怪しい者じゃござんせん。急いでいるもんで」

市左の声ではないか。

提灯の男は向かいから灯りなしの影が足早に近づいて来るのに驚き、恐怖とともに身構えたのだろう。市左の声はそのときだった。

「おうい、市どんじゃねえか」

「おっ、兄イ。大変《てえへん》だあ。おっとっと」

またつまずいた。

提灯の男は背後にもいた灯りなしに驚いたか、足早に品川のほうへ去って行った。

潮騒と潮風のなかに、互いに相手の輪郭だけを確認しあいながら、

「すまねえ、遅くなっちまって。で、なんでおめえ、ここに？」

「なんでじゃねえよ、兄イ。さっきも言ったろう、大変だって」

市左は早口に話した。鬼助は驚愕し、

「おかしいぜ。行ってみよう」

「おう」

市左は引き返すかたちになり、二人は提灯なしで用心深く足を速めた。

港屋の前は野次馬が群れている。ためしに幾人かに訊いてみた。

「分からねえ。殺しがあったとか……」

要領を得ない。

「市どん、あしたの朝まで腰を据えよう」

と、この騒ぎにたまたまおもてを開けた小さな旅籠があったので、頼み込んで部屋を取った。時間が時間だけに、お茶だけしか出ない。女中に鼻薬を効かせ、訊いた。

やはり要領を得ない。

だが、興味があるのか、別の女中と連れ立って外へ訊きに出た。旅籠の女中同士で互いに顔なじみの連絡網でもあるのか、時とともにかなりのことが分かってきた。

「なるほどさあ、いつかはこうなるんじゃないかと思ってましたよ」

と、女中は言う。

「あそこの宇兵衛旦那、あちこちに恨みを買っていたからねえ。それでやむにやまれぬお人が乗り込んでぐさりと。捕まっていないらしいですよ。港屋さんじゃもぐりの稼ぎをしていたから、番頭さんがお役人に引かれ、ほかはみんな逃げたらしいって。妓《おんな》の人ら、捕まらなきゃいいんだけどねえ。捕まったんじゃ可哀相だよ」

鬼助と市左はうなずきながら聞いた。

部屋は二人だけとなった。

「やはりおかしいぜ」

鬼助はまた言った。

「どこが？　ぐさりじゃなく、ばっさりとに言い変えりゃ、女中の言ったとおりだ。俺は見たんだからよう、目の前で」

「だからだ。気がつかねえかい。犯人は勝手知ったようにまっすぐ宇兵衛の部屋に踏み込み、斬り殺すとすぐに逃げ、誰かが番所へ知らせに行き、役人どもがすぐさま捕方を引き連れて来た。だが……」

「あっ」

市左は気がついた。番所の役人が、こうも早く捕方をそろえられるはずがない。準備をして待っていたとしか思えないのだ。

「それによ、ばっさりと一太刀で殺《や》ったのは脇差だったかい、それとも大刀かい」

「うーむ。町人の形《なり》をしてやがったが……。そうだ、あの打ち下ろしかた、大刀だ。それもかなりの手練《てだれ》。あ、侍《さむれえ》だ」

「そうよ。さらによ、返り血をいっぺえ浴びりゃ、どこへ逃げても目立って捕まりそうなものじゃねえか」

「わざと逃がした？」

「そうさ。女たちもなあ」

「うーむむ。俺が早く逃げるように急かしてやったんだぜ」

「それもあるがよ、まだ分からねえかい。殺した野郎が宿場役人のお仲間だったら、どうだ」

「あぁあ！　兄イ。あいつら、港屋宇兵衛に金轡《かねぐつわ》をかまされていやがったはずだ。その宇兵衛を、府内の町奉行所に持って行かれたんじゃ……」

「そうよ。ばれるめえに……」

二人は顔を見合わせ、身をぶるると震わせた。

部屋には行灯が一張《ひとはり》、灯っている。

そのなかに、鬼助は低い声を這わせた。

「そのようにながれるきっかけをつくったのは俺たちだ。このあと話はどうなるか、是《ぜ》が非《ひ》でも見とどけなくちゃならねえ。あした早くにここを発つぜ。八丁堀だ」

「分かった。話を聞いて、小谷の旦那がどんな面《つら》をしやがるか」

「俺も見てみてえぜ」

二人はごろりと横になった。

港屋の前は、まだ大勢の野次馬たちが出ていることだろう。

しばしの仮眠をとり、鬼助が跳ね起き市左を揺り起こしたのは、東の空が白みはじめたころだった。

「あれえ、お客さん。きのうは遅かったのに、きょうは早いんですねえ」

と、昨夜の女中も起きていた。港屋の件で寝るのが遅くなってしまったか、眠そうな顔だった。

その旅籠では、鬼助と市左が一番早く出る客となった。

日の出を迎えたのは、ちょうどきのう二人が出会った泉岳寺の近くだった。海原に上がる太陽にはことさら神々《こうごう》しいものを感じるが、なにぶん睡眠不足で疲れている。朝日に手を合わせる余裕もなく、ともかく急いだ。

田町に入った。街道から潮騒が遠ざかり、両脇に民家の建ちならぶなかに荷馬や大八車が出て一日の始まったのが感じられる。すれ違う旅姿の往来人は、これから江戸を出るのだろう。品川宿を素通りするだろうが、ふと寄った茶店などで、裏通りの小さな旅籠で殺しがあったと耳にするかもしれない。犯人のまだ捕まっていないことも聞けば、ぶるると身を震わせ、早々に立ち去ることだろう。

田町は東海道沿いに品川方面から江戸府内に向かって九丁目から一丁目へと、長い範囲にわたってつづいている。急ぎの大八車か、大きな音を立て二人を追い越して行った。

気のせいか、太陽の高くなるのが速く感じられる。

「市どん、すまねえ。八丁堀にはおめえ一人で行ってくんねえ。俺は田町二丁目の芝田屋に寄って預けた大八を牽き、そのまま呉服橋の吉良邸に行かあ」

「えっ、兄イ。小谷の旦那の顔が見たかったのじゃねえのかい」

「もちろん見てえさ。だがな、吉良さんの仕事も大事《でえじ》なのよ」

「おう。分かった」

二人はまたも歩を速めた。

品川の一件には、南町奉行所がどう関わっているか分からない。だからかえって奉行所では話せない。小谷同心が出仕する前に役宅で話さなければならない。だが鬼助にとっては、きのう一度入ったとはいえ、新たな吉良邸がどのような構造に生まれ変わるかを見る千載一遇の機会なのだ。

急ぎ足が田町二丁目に入った。

「おう、ここで」

「八丁堀が終われば、呉服橋に駈けつけらあ」

「そうしてくれ。呉服橋にいなきゃ本所だ」

と、鬼助は田町二丁目の枝道に曲がった
市左はそのまま街道を進み、金杉橋を経て新橋を過ぎ、京橋を渡って町の装いも人のながれも、すっかり日本橋に近いのを感じたあたりで東への枝道に入り、掘割を越えればその一帯が八丁堀である。町奉行所同心の役宅の板塀がならんでいる。

田町二丁目の炭屋芝田屋は、すでに暖簾を出していた。

あるじの清兵衛は鬼助の来るのが早いことに驚きながらも、

「多恵はもう、きのうあんたに預かった書状がなにやら大事そうだというて、日本橋の磯幸に出かけましたじゃよ」

「ありがてえ、礼を言っておいてくんねえ」

言うと鬼助は預けていた大八車を牽き、ふたたび東海道に出た。市左の姿はとっくに見えなくなっている。

市左は八丁堀の掘割に入っていた。小谷同心がまだ出仕するまえだった。

駈け込んで来た職人姿の市左に小谷は驚き、

「なに！　品川の港屋宇兵衛が殺された!?」

驚愕の表情になり、ともかく庭に面した居間に上げ、茶も簡単な朝めしも出し、

「さあ、話せ」

「へいっ」

と、市左が語るほどに小谷の表情は驚愕から、

「うぬぬぬっ」

と、怒りへと変わっていった。鬼助が〝見たい〟と言った小谷の表情である。

鬼助も、呉服橋からきょうの荷運びの第一陣が出るのに間に合った。

山吉新八郎の差配で、両国橋を越え本所二ツ目に向かった。

驚いた。月代《さかやき》を剃り上げ、着物も歴とした家士風に変貌している加瀬充之介がそこにいたのだ。

「あはは。吉良さまの屋敷で、浪人風体じゃまずいでのう」

と、加瀬充之介は両手を広げて見せた。なるほど、吉良家では浪人を雇っているというのでは聞こえが悪かろう。きのう見かけた浪人姿もすべて身なりを整えていた。いずれも山吉新八郎の差配に入っているようだ。そのまた差配で、荷を母屋の仮の物置に運び込んでいるときだった。

「兄イ、呉服橋で家士のお方にこっぴどく叱られやしたぜ。早う本所へ行けって」

と、市左が本所吉良邸の庭に駆け込んできた。庭も母屋の屋内も、各種の職人が入り、それぞれが慌ただしく動いている。

第二陣は午後だった。第一陣の大八車がそのまま呉服橋に戻り、ふたたび荷を運ぶのだ。このときの差配の武士団には加瀬充之介も加わった。どこから見ても、歴とした吉良家の家士だ。

呉服橋では、大八車の数は倍に増えていた。旧吉良邸最後の荷駄隊である。

大八車の隊列はまた両国橋を渡り、本所二ツ目の屋敷に入った。荷を仮の物置部屋に運び込むときも、鬼助は丹念に歩数をかぞえた。

運び終えたのは、庭の樹々の影がことさら長くなった時分だった。間もなく日の入りだ。

鬼助はふーっと大きく息をつき、上がり込んだ縁側から庭に目をやった。足には足袋《たび》に似た甲懸《こうがけ》を履いており、きょうはまだ屋内は土足御免になっている。数名の大工と山吉新八郎がなにやら立ち話をしており、そこに加瀬充之介もいた。

あとは給金をもらって帰るだけだ。

『今後ともご用命を』

言うつもりで庭に下り、新八郎たちに近づいた。

大工たちが地面に縄張をしており、それを新八郎が差配し、そこに加瀬も立ち合っているといった風情だった。鬼助はなにげなく訊いた。

「なんなんですかい、ここは」

「おぉ、おまえか。きょうはご苦労だったな」

と、新八郎がふり返った。

「物置ですかい」

「いや。わしらの住まうお長屋がここにな。それでわしも立ち合っているのだ」

加瀬が応えた。

「それはよござんすねえ。かなり広いような」

鬼助がお愛想に言うと、

「兄イ、なにやってんだ。向こうで給金を配っているぜ。早う」

「おう」

縁側のほうから声をかけてきた市左に返し、

「それじゃあ」

一礼し、市左のほうへ走った。

走りながらハッと気づいた。いま鬼助は、重大なことを聞いたのだ。庭に新たな建物……、雇い入れた浪人たちの住まいだという。規模が分かれば、入る人数も想像できる。

「おぉう、すまねえ。どこでだ」

「さっきの物置部屋の前だ」

と、その場を離れた。ちょうど日の入りとなった。歩数を測りたかったが、怪しまれる動きはできない。素早く、杭が打ち込まれている距離を目測し、給金をもらい、戻るとそこにはもう誰もいなかった。

「おーい市どん、帰ろうか」

「なにを言ってる。もうお仲間はみんな帰りかけてるぜ」

「そうか」

と、急いでその場を離れた。

カラの大八車を牽き、新吉良邸の表門を出たのは、きょうの人足のなかでは最後となった。

門が閉じられた。あしたからは、家士と雇われた浪人たち以外、指定された職人たちしか門を入ることはできなくなるだろう。

両国橋に入った。長さ九十六間（およそ百七十米《メートル》）の橋に、三台ほど、お仲間のカラの大八車が見える。行き交う往来人や大八車、荷馬、行商人らとおなじく、暗くならないうちにと急ぎ足になり、きょう最後の江戸繁盛の響きに包まれている。その響

きのなかに、

「市どん、すまねえ」

軛《くびき》の中の市左に、肩をならべて轅《ながえ》を牽く鬼助が大きな声をかけた。そうでないと肩をならべていても、周囲の騒音にかき消されて聞こえないのだ。

「なんでえ」

「ここから一人で帰《けえ》ってくんねえ。俺は寄り道だ」

「えっ、兄イ。それはねえよ」

市左が言ったときには、鬼助はもう轅から手を離し、前方に走り出していた。

「もうっ」

市左はつられて走り出した足をもとに戻した。場所柄、行き先は分かっていた。すぐ目の前に見える両国広小路から枝道に入れば、米沢町だ。

その枝道に鬼助は走り込んだ。堀部家の浪宅である。新たに記憶した歩数を忘れないうちに知らせなければならない。

裏庭にまわり訪いの声を入れるよりも早く、

「おぉう鬼助か、いつ来るかと待っておった。上がれ！」

気配を察した安兵衛が明かり取りの障子を開け、縁側に出て来た。

「ほお、きょうとは早かったなあ」

弥兵衛もそれにつづいた。手には書状が握られている。

けさ早く、奈美は多恵が鬼助の遣いだと走り込んで来たとき、経緯を知らないまま書状を開き、それが絵図面であることに仰天し、

（――もしや吉良邸！）

と、その足で両国米沢町に走ったのだった。

堀部家の浪宅でも、弥兵衛と安兵衛が、

「――うーむ、これは」

「――ともかく鬼助の説明が必要じゃ」

と、鬼助の来るのをきょうかあすかと待っていたのだ。

鬼助は甲懸の紐を解くのももどかしそうに、縁側に上がった。屋内はすでに薄暗くなっている。

「ともかく、へい、その」

と、墨と筆の用意を願い、弥兵衛の開いた絵図面に新たな歩数を書き込み、

「ここに雇い入れたご浪人衆のお長屋が」

目測した庭の縄張を線で描き込んだ。

「おぉぉ」

「これは、二、三十人は入れますぞ」

弥兵衛と安兵衛は声を上げた。幸が縁側に茶を運んで来た。

鬼助は口を湿らせ、ふたたび絵図面に新たな部分と歩数を書き加え、ここに至った経緯を話した。

「うーむ。ようやってくれた」

「大手柄ぞ、鬼助！」

弥兵衛と安兵衛はともに興奮気味に鬼助を褒めた。

それもそのはずである。上野介が入るまえから、新邸の概要がつかめたのだ。

縁側も薄暗くなりかけたなかに、弥兵衛はさきほどまでの興奮を抑え、

「よいか安兵衛、鬼助がこれをもたらしてくれたのじゃ。おまえたち数人だけで、路上の駕籠を襲おうなど、ゆめゆめ思うでないぞ」

「はっ。これさえあれば、じっくりと腰を据えて」

「うむ」

安兵衛が応えたのへ、弥兵衛は満足げにうなずいた。鬼助は知らなかったが、安兵衛が同志数名と上野介の駕籠を襲う算段を立てていたようだ。おそらく仲間とは奥田

孫太夫や高田郡兵衛たちであろう。

（無謀な）

瞬時、鬼助にも思えた。権門駕籠は、外から中は見えない。囮《おとり》の駕籠だったなら、浅野家臣全体が世間の笑い者になるだろう。

（俺、それを防いだことになるのか）

一瞬、誇らしい思いが鬼助の胸中にながれた。

居間に行燈が灯され、酒つきの夕の膳を出され、帰るころはすっかり暗くなってい た。借りた提灯を手に、昼間とは異なりゆっくりと歩を踏んだ。そのなかに、

（俺、役に立ったのだ）

と、自分の描いた絵図面が、安兵衛らの〝無謀〟を抑える一助になったことへ感動に近いものを覚えていた。

伝馬町の棲家に戻ると、市左が、

「兄イ、なんだったんでえ。俺一人を置き去りにしてよう」

と、灯りを点け不満顔で待っていた。市左は浅野家のことになるといつも疎外感を覚え、不満を感じていた。鬼助にもそれは分かっている。だがいかに兄弟分となって

いる相手とはいえ、市左は部外者なのだ。

「すまねえ、広小路を通れば、つい米沢町にな」

「やっぱり堀部の旦那のところだったのかい」

「あゝ」

鬼助は応えるとごろりと横になり、掻巻をかぶって寝息を立てはじめた。酒が入っているせいもあるが、なにしろきのうから緊張のなかに動きづめだったのだ。

(仕方ねえか。兄イは、浅野家ゆかりの忠義者だからなあ)

得心しながら、自分もごろりと横になった。市左も疲れているのだ。

八

翌朝、お島が長屋の路地を、

「あらあら、まだ雨戸が閉まっている。あたしの割前、いつになるんだろうねえ」

と、つぶやきながら出た。

陽はすでに昇っている。お島が仕事に出てかなりの時間が過ぎ、このままでは二人とも午《ひる》まで寝ているかもしれない。

そこへ、玄関の雨戸を叩く音とともに、

「兄イたちよう。いねえのかい」

声が聞こえ、雨戸の音は縁側のほうに移った。千太だ。

中の居間では面倒くさがることなく、

「おっ、来やがったぜ」

「きのうの返答かもしれねえ」

二人は跳ね起きた。

品川の港屋の件だ。小谷には状況を調べる時間が丸一日以上あったはずだ。

「なんでえ、おめえ一人か」

縁側の雨戸を開けた市左が言ったのへ、

「あゝ、いなさったかい。よかった。小谷の旦那が待っていなさる。二人そろってすぐ来てくだせえ」

「ほっ。きのうのことで、なにか分かったかい」

「用件は知らねえ。ともかく早く、新橋の和泉屋だ」

「そうか」

鬼助と市左はうなずきを交わし、すぐ身づくろいにかかった。

開けたばかりの雨戸をまた閉めなおした。

二人とも職人姿だ。甲懸でなく足袋に雪駄をつっかけているのが、心の余裕をあらわしている。修羅場に行くのではないのだ。

急ぎ足のなかに、

「千太よ。おめえ、ほんとうに用件を聞いていねえのかい」

「へえ。ただ、あんたらを和泉屋に呼べとだけ。伝馬町にいなさらなかったら、どうしょうかと思ってやした」

鬼助が訊いたのへ千太は応えた。やはりまだ千太は、小谷同心にとっては使い走りだけのようだ。大股に歩を進めながら、鬼助と市左はまた顔を見合わせた。

和泉屋に着いたのは、太陽が中天をすこし過ぎた時分になっていた。一膳飯屋と違い、昼時分にとくに客がたて混むということはないが、飲食の店だから書き入れ時に違いない。それでも一番奥の部屋を取り、手前を空き部屋にさせておくのは、奉行所同心の威力といえようか。

「おう、おめえら。待っておったぞ」

と、お茶だけしか出ていないところをみると、小谷も来たばかりのようだ。

鬼助と市左が小谷の前に胡坐《あぐら》を組むなり、

「用件は分かっているだろう。早々におめえらを呼んだのは、俺の親切と思え」

「へえ、それはもう」

小谷の言ったのへ市左が返し、

「向こうは、どんな具合なんでえ」

と、鬼助はさきを急かした。千太は小谷のななめうしろに端座している。

「まったく、腹が立つぜ」

小谷は珍しく苛立ちをおもてに見せ、話しはじめた。南町奉行の松前伊豆守嘉広《まつまえいずのかみよしひろ》は一応の挨拶にと、道中奉行を兼務する勘定奉行に港屋への打込みを知らせた。勘定奉行はそれを品川宿の問屋場と番所に通知した。江戸町奉行所から道案内の要請があれば、合力せよとの指示を添えてだ。

「おまえたちの話を合わせての推測だがなあ」

小谷は前置きし、語った。

「港屋じゃせがれの宇之助に、用心棒の郡次と順治を江戸の大番屋に押さえられており、そこへ江戸町奉行所に宇兵衛まで持って行かれてみろ。番所の役人どもが宇兵衛から賄賂《まいない》を取っていたのがばれちまわあ」

「まったくそのようで」

鬼助が相槌を入れ、小谷はさらにつづけた。

「打込みはきのうの夕刻の予定で、南町じゃ昼間のうちにその用意をすることになっていたのよ。そこへ朝早くに出仕するまえさ、市左、おめえが八丁堀に飛び込んで来たって寸法さ。驚いたぜ。さっそく出仕し、与力を通じてお奉行に報告したわさ。お奉行がすぐさま勘定奉行に真相を問合せたところ、現場からの報告として、あとは市左が俺に話したとおりさ」

「宇兵衛が何者かに殺された……と？」

市左が念を押した。

「そうだ。しかもだ、犯人は目下探索中などと言ってきやがったそうな」

「で、お奉行所は？」

鬼助が問いを入れた。

「標的が死んじまったんじゃ打込みもあるめえ。急遽中止さ。犯人が捕まることはあるめえ。なにもかも番所の役人たちの思惑どおりさ。それにしても口封じに、恨みに見せかけて殺すたあ非道《ひで》えことをしやがる。まあ、港屋にしてもそうされて仕方のねえことをしてやがったのだから、同情はできねえわさ」

「女たちはどうなったか、番所の役人たちの報告にゃありやせんでしたかい」

市左が問いを入れた。あのときどさくさにまぎれ、市左は敵娼の女に帳場の金を奪って逃げろとうながしたのだ。その後が気になる。

「それさ。番頭一人を番所に引いたとあるだけで、ほかには何もねえ。おそらくみんな逃げたのだろう。番所の役人にすりゃあ、港屋を挙げるのが目的じゃねえから、女たちを捕まえる必要もなかったってことよ」

「番頭はどうなるんでえ」

また市左の問いである。

「宿場の番所にも牢の設備はあり、道中奉行の名で裁許も出せらあ」

「どうなるんで」

「おそらく殺しまではするめえが、所払いってとこで一件落着かのう」

小谷の言ったのへ、鬼助は強い口調を入れた。

「役人はどうなるよ。証拠はねえが、あいつらの息のかかった野郎が、港屋宇兵衛を殺《や》ったことは明白なんだぜ」

「分かってらあ、そんなことは。そこが支配違《ちげ》えよ。こいつばかりは、お奉行でも如何《いかん》ともしがてえ」

小谷が憤懣やる方なく言ったのへ、鬼助は吐き捨てるようにつないだ。

「敵討《かたきう》ちがしてえぜ。港屋のじゃねえ。これまで泣きを見てきた女たちのよ」

「そういきり立つな。非道《ひで》え旅籠を一つ潰《つぶ》したことで満足しろい。奉行所《こっち》で身柄を押さえている宇之助に郡次、順治の三人は由蔵殺しで裁かれることになろうが、おそらく遠島で落ち着き、鈴ケ森をにぎわせることにはなるめえ。まあ、ご赦免《しやめん》にでもならねえ限り、一生娑婆《しやば》には戻って来られめえよ」

「そいつはいい気味だが、番所の役人どもはのうのうと娑婆《こっち》で生きてやがるんだぜ、殺った野郎もよ」

喰ってかかるように言う鬼助に、

「うるせえ！　支配違いだと言ったろうっ」

小谷は叱りつけるように言った。

だが、小谷は鬼助が自分に喰ってかかったのではなく、鬼助は小谷が自分に怒ったのではないことを、互いに分かっている。

昼間から同心と岡っ引が酒を飲むわけにはいかないが、この場にもし酒が出ていたなら、市左も小谷の背後に座している千太も含め、どうしようもなく苦い酒を飲むことになっていただろう。

帰り道である。一件落着の気がまったくしない。鬼助と市左の足取りは重かった。

日本橋に近い街道の雑踏に歩を進め、足は磯幸の前にさしかかった。

「兄イ」

「ようそう」

うながすように言った市左に鬼助は返し、暖簾の前を通り過ぎた。また市左だけをさきに帰すことに気が引けたのだ。きょう話さなくても、そのうち奈美は幸から、鬼助がいかに大事な仕事をしたか聞くことになるだろう。それよりも早く帰って由蔵とお妙の家財を始末し、お島に割前を払ってやらねばならない。タダで仕入れたような品だ。けっこう実入りはあるだろう。

「お島さんがまた催促するぜ。急ごう」

「おう。そうだなあ」

鬼助が言ったのへ市左は返し、二人の足は速まった。

三　見張り所

一

「おおう、すっきりしたぜ」

と、鬼助が物置部屋でごろりと大の字になった。

品川で港屋宇兵衛《みなとやうへえ》が、市左の目の前で何者かに斬り殺されてから五日ほどを経た、葉月《はづき》（八月）下旬の晴れた日の午過《ひるす》ぎだった。市左と一緒に大八車を牽き、柳原土手《やなぎはらどて》から伝馬町の棲家に帰ってきたばかりだ。

千住で殺された由蔵《よしぞう》と、行方をくらましたお妙《たえ》の所帯道具は、ほとんど手直しの必要もなく柳原土手でさばくことができ、古着類の洗濯と布団や掻巻《かいまき》の打ち直しは、いま奥の長屋のおかみさん連中に出している。部屋には、女の腰巻《こしまき》が十数枚、隅に重なっているだけだった。

見倒してきた品はほとんど柳原土手の古着屋や古道具屋に卸《おろ》すのだが、自分たちで莚《むしろ》を敷いて店を出すときもある。そうした場合は、常店《じようみせ》でも風呂敷一枚の行商人でも、既存の商舗《みせ》と競合しないように気をつけなければならない。古着屋は多いが、腰巻だけを扱っている者はいない。だから競合を気にせず、どこにでも気軽に店開きができるのだ。

長屋のおかみさん連中に出した洗濯物のなかにも、お妙の匂いがしみ込んだ桃色の腰巻が二枚ほどあった。

きょう土手でさばいたのはそれら預かりの品ばかりで元手がかかっておらず、けっこう実入りがあった。けさも小間物行商に出るお島に、

「――帰りに声をかけてくんねえ。おめえの割前、きょう払うからよう。古着や布団の分はあとになるがよ」

と、市左が声をかけた。

「――ずいぶん待ったんだから、色をつけておくれよねえ」

と、お島は足取りも軽く町へ出たものだ。

このあと市左も、

きやした」

「千住に行ったり、品川にも二度、三度と、けっこう面倒でやしたが、いい商いがで
と、鬼助の横に寝ころがり、

「それにしても、呉服橋の吉良さまのお屋敷を出るときにゃ、うしろ髪を引かれる思いでやしたよ」

「なんで。あそこはもう空き家なんだぜ」

大の字のまま、鬼助は問い返した。

「なんでって、気がつきやせんでしたかい。まだあちこちに調度品が残っていやしたぜ。台所にゃまな板もすりこぎも古い笊《ざる》も。あの分だと、女中部屋を漁《あさ》りゃあ小間物のいい品もけっこう出てくるかもしれねえ。荷運びだけじゃなく、余り物の見倒しもさせてくれりゃあ、いい値をつけたのによう」

「ははは。あれほどの屋敷だ。御用達《ごようたし》のなかには古着や古道具を扱うのもいようよ」

「たぶんなあ。ところで兄イ。訊《き》こう訊こうと思うてたんだが、港屋の件で訊きそびれちまったんだがよ」

「なにをでえ」

鬼助は天井板に目をやったまま応えた。

「吉良さんの屋敷替えよ。いまは白金村《しろかねむら》の辺鄙《へんぴ》なところだが、上杉十五万石のふところの中だ。でもよ、そのうち本所に引っ越さあ。そうなりゃあ田舎じゃねえが、川向こうだ」

「なにが言いてえ」

「巷《ちまた》じゃ言ってるぜ、五月前《いつつきめえ》の刃傷《にんじょう》ざたよ。将軍さんは喧嘩両成敗の御法をみずから破ったことに気づきなされて、こんどは手の平を返《けえ》すみてえに、浅野のご家中に吉良を討てと、それを示唆《しさ》しているんじゃねえかって」

「…………」

「ここんところ、兄イも堀部の旦那のところへよく行ってたしよう」

「…………」

「ん？」

無言の鬼助に、市左は仰向けのまま顔を向けた。

寝ていない。目を開けている。

「すまねえ」

「…………」

なおも無表情の鬼助に市左は、

「わ、分かったよ。安心してくんねえ。兄イがお武家の中間《ちゆうげん》さんだったことはみんな知ってるが、兄イは紺看板に梵天帯が似合うからなあ。だがよ、浅野ご家中のお人に奉公してたってことは、誰にも話しちゃいねえ。お島さんにもよ」

「ふむ」

鬼助はかすかにうなずきを見せた。

部屋に沈黙がながれた。

時期的に、鬼助が市左の棲家に中間姿でころがり込んで来たとき、周囲は、

「──浅野家の中間さんでは」

うわさしたが市左が吹聴《ふいちよう》するわけでもなく、やがて話題にもならなくなった。それを知っているのは、同心の小谷健一郎だけである。それもあって小谷は市左とまとめて鬼助に手札をふり出し、岡っ引にしたのだ。

沈黙のつづくなかに、二人とも寝ていない。鬼助は堀部安兵衛や高田郡兵衛ら旧浅野家臣の存念に思いを馳せ、市左はつぎの見倒しの思案をしていた。

そこへ、

「兄イたち、いなさるかい」

と、また千太の声が玄関から入ってきた。

「おう」

「来たな」

鬼助と市左は同時に跳ね起きた。

待っていたのだ。

千住で捕まえた宇之助、郡次、順治のお白洲である。

「――近いうちだ」

と、小谷から知らされていたのだ。

また新橋の茶店・和泉屋へのお招きで、

「きょう午前、お白洲があって、お奉行から裁許が下りるそうで」

千太は言った。それならすでに下されているころか、その内容まで千太は聞かされていなかった。

職人姿で日本橋に出て、東海道を速足に進みながら、やはり千太はまだ使い走りの域を出ないようだ。

「市どんよ、なにか緊張しねえかい」

「そりゃあ、あいつらの首が飛ぶか島流しになるかってんだからなあ」

「そのことじゃねえ」

鬼助は言った。

「考えてみろい。裁許の結果だけなら、千太の使い走りで充分だ。それをわざわざ新橋まで俺たちを呼び出すたあ、ほかにまだなにかあるに違《ちげ》えねえ。千太、なにか聞いていねえかい」

と、うしろからついてくる千太に首を向けた。

「いえ、なにも」

と、千太が顔を横にふったのを市左も見て、

「そうか。ならばやはり、なにかあるのかしれねえや」

歩を進めながら、みょうな言い方をした。

「そんなあ」

うしろから千太は不満そうな声を上げた。

(やはりなにかある)

二人は口には出さないが歩を速め、千太もそれにつづいた。

京橋の騒音を過ぎれば、つぎの新橋の手前が和泉屋だ。

暖簾《のれん》をくぐると、小谷同心はまだ来ていなかったが、亭主も茶汲み女も鬼助と市左の顔を覚えている。黙っていても一番奥の部屋に通された。

「ちょいと見てきまさあ」

千太はそのまま部屋に入らず、数寄屋橋の南町奉行所に走った。

裁許のあった日はなにかと忙しいのか、半刻（およそ一時間）ばかり待たされた。

「おう、待たせたな」

と、小谷同心が千太を連れて部屋の板戸を開けたときには、鬼助と市左の膳の上には空になった蕎麦の碗と団子の皿が載っていた。

「ほう、喰いやがったなあ。もっと取っていいぜ」

言いながら小谷は座に着いた。もっと取っていいと言われても、茶店ではお茶のほかは蕎麦に煎餅《せんべい》、団子以外になにもない。頼めば餅《もち》も焼いてくれるが、

「もうたくさんで。それよりも旦那、ご裁許は？　それに、なにかもう一件あるのじゃござんせんかい」

「ほう。さすがおめえたち、いい勘をしているなあ」

鬼助が言ったのへ小谷は返し、

「殺しは死罪だが、相手が二百両の持ち逃げだってことで」

「嵌《は》められたんだぜ、由蔵もお妙もよう」

市左が口を入れた。

「そこよ。差配格の港屋宇兵衛が殺され、真相を探ることはもうできねえ。それでだ、

流人船《るにんぶね》が出るのは春と秋でもうすぐだ。そこに間に合わせたか、宇之助に郡次、順治は三人とも遠島となった」

「えっ、いい加減な裁許だなあ」

「それを言うな。港屋が嵌めたかどうかは、もう追及できねえのだ。せがれの宇之助などは将来に絶望したか、顔面蒼白になってガタガタ震えてやがった。そうそう、あのとき番所に引かれていった港屋の番頭なあ、所払いで旅籠は闕所《けっしょ》（財産没収）となったそうな。ほかは逃げちまいやがって、奉行所《こっち》に捕縛の依頼もねえ」

「それで幕引きですかい。宇兵衛を殺《や》ったやつの探索はどうなりやすので」

「うるせえ！」

また市左が口を入れたのへ、小谷は声を荒げた。市左にすれば宇兵衛が殺されたのは目の前である。小谷にすれば、品川の地が江戸とはほぼ一体という至近距離であるにもかかわらず寺社地と同様、江戸町奉行所の手が及ばないことに相当苛立《いらだ》ちを覚えている。

「それで？　もう一つ話してえこととは」

鬼助がさきをうながした。

「おう、それそれ。おめえ、敵討ちがしてえと言っていたなあ、泣きを見てきた女たちのために」

「えっ、できやすので⁉」

言った小谷に鬼助は上体をかたむけ、

「俺もやりてえ」

と、市左も身を乗り出した。

道中奉行を兼ねる勘定奉行の久保《くぼ》出雲守良弘《いずものかみよしひろ》から南町奉行の松前伊豆守が城中で、品川宿の料亭でまた店の金を盗んで駆落ちした一対がいるとの話を聞いたらしい。普段なら奉行同士で、そのような下世話《げせわ》なことは話題にならない。たまたま宇之助たちの裁許が迫っていることもあり、雑談のなかにそれが出たのだろう。

しかも、店の金を百両も盗んで逃げたという。額は半分だが、お妙と由蔵の話に似ている。道中奉行は江戸町奉行に、

「――そやつらが江戸府内へ逃げ込んでいると、町奉行所にまた迷惑をかけることになるかもしれぬなあ」

と、言ったらしい。探索し捕縛せよとの依頼ではない。あくまで雑談のなかの一つだった。

「おめえら、あたってみねえか」

「それがなんで敵討ちに？　ただ話が港屋に似ているだけじゃねえですかい」

「だからだぜ市どん。そこから品川の番所の役人が、釣り上げられるかもしれねえ。俺の勘じゃ、前の追手は宇之助と与太二人だったが、こたびの追手はほれ、市どんの目の前で宇兵衛を殺った大刀の男」

「うっ」

　鬼助の言ったのへ、市左が声を上げた。そこに小谷も視線を向け、

「そういうことだ。江戸でそやつの面《つら》を知っているのは市左、おめえだけだ。そやつを押さえて茅場町《かやばちょう》の大番屋に放り込みゃあ、もうこっちのもんだ。なんとしてでも品川の番所役人とのつながりを吐かせてみせらあ」

　さらに小谷は語った。

「さいわい、お妙は逃亡中で港屋の件は未解決ってことにならあ。この件についちゃあ、お奉行が道中奉行の久保出雲守さまから探索を依頼されたままよ。だからおめえら二人、向こうの役人に顔を知られているが、探索に品川へまた入《へえ》ってもお妙の件だといやあ誰からも文句は言われねえ。それにこの件もお奉行が道中奉行さまから、よしなに頼まれたってえ話にできねえことはねえ。お奉行がそれを俺に話され、俺がそう解釈したってえことにすりゃあなあ。そうそう、品川のその料亭なあ、浜風《はまかぜ》という

大きなところだ。屋号くらい聞いたことはあるだろう」

　確かにある。品川の老舗《しにせ》の海鮮割烹《かっぽう》だ。

二

　新橋の和泉屋からの帰り、

「兄イも勘がいいぜ。小谷の旦那とおなじことを思いついたたあ」

「ふふ、おもしれえ話じゃねえかい。誰に誰が追手を頼まれやがったか、そこがカギになならあ」

　歩きながら話した。二人とも、まんざらではなかった。

　だから翌日、

「ともかく、あたるだけはあたってみようか」

　と、ふたたび品川に足を運んだ。

　港屋の聞き込みを入れたときとおなじ飲み屋に入った。

「港屋さんの駆落ちに、刺激されたんでしょうかねえ」

　亭主も酌婦も話し、

「でも、浜風さんから逃げるとは、よくよくの事情があったんだろうねえ。それも百両も持ち逃げするとは、浜風さんはとんだ災難だよう」

と、口をそろえた。

逃げた二人は清助《せいすけ》とお鈴《すず》という名で、包丁人と仲居らしい。そこも由蔵とお妙の組み合わせと似ている。

だが、感触が港屋のときとは異なる。もちろん浜風の近くでも聞き込みを入れた。日本橋の磯幸に匹敵する海鮮割烹で、評判はきわめてよく、奉公人が店の金を盗んで駆落ちしたうわさが近辺にながれ、やはりどの声も店側に同情するものであった。浜風は港屋と異なり、奉公人の駆落ちを隠してはいないようだ。

「男と女の組み合わせは似ているが、どうも感触が違うなあ」

「そのようで」

言いながら二人は、番所に顔を出すことなく、品川宿をあとにした。

それにしても、追手が宇兵衛を斬殺した者かもしれないというのは小谷の推測であり、江戸府内に逃げたというのも想像でしかない。

もちろん鬼助もそう推測したのだが、そうであったなら〝おもしれえ〟と思ったまでで、実際はまだ雲をつかむような話でしかない。解決の糸口があるとすれば、江戸府内のどこかで市左が港屋で見た殺しの犯人とばったり出会う以外になく、確率はことのほか低い。

それできょうは朝早くから、

「まあ、商いに精を出しやしょうや」

と、洗濯や打ち直しの終わった古着や布団を、腰巻だけ残して大八車に積み、柳原土手に向かった。

棲家からは、小伝馬町の牢屋敷の脇を抜けるのが近道で、土手のちょうど中ほどに出る。さすがに牢屋敷の塀がつづく往還は誰もが幽霊屋敷のように気味悪がり、朝のうちとはいえ人影はほとんどない。二人の牽く大八車の音は、塀の中にまで聞こえているころことだろう。

「遠島になるあの三人、いまもこの中に繋がれているんでやしょうねえ」

「そういうことだ。宇兵衛も生け捕りにして、この塀の中で生き地獄を見せてやりたかったぜ」

「まったくで」

話しながら牢屋敷を過ぎ、柳原土手に出た。

板張りや葦簀《よしず》張りの常店はむろん、莚か風呂敷一枚の行商人も常連の者で鬼助もすっかり顔なじみになり、おなじ売人ということで互いに〝兄弟《きょうでえ》〟と呼び合っている。それだけ余所者《よそもの》は入りにくいということだ。

　二人はかさばるものからさばこうと、布団や掻巻をもっぱらとしている常店に行こうと、古着屋や古道具屋ばかりのならぶなかに大八車を入れた。まだどの店も準備中で、そぞろ歩きの客もおらず、狭い通りに大八車を入れても邪魔にならない。

「ん？」

　勘働きとでもいおうか、鬼助の目が、風呂敷包みをほどき店開きの準備をしている若い女に行った。見かけない顔だ。それに柳原に女の売人がいないわけではないが、珍しい。売人の女房が代わりに出たり、あるいは金に困った素人《しろうと》が自分の家の物を売ろうと、所場代を払って風呂敷一枚の店開きをすることがときおりあるのだ。となりでは、莚を敷いた常連の男が古着をならべている。

「市どん」

　鬼助は軛《くびき》に入っている市左に声をかけ、女のほうへ顎《あご》をしゃくった。

「おっ、女かい。珍しいなあ」

　言いながら女の前を通り過ぎた。なにも感じなかったようだ。女はいかにも素人といった風情で、しかも顔を隠すように風呂敷を広げてるのだ。

「ちょっと待っていてくんねえ」

「あ、兄イ。どうしたよ」

市左の声を背に、鬼助は小走りにあと戻りし、

「姐《ねえ》さん、見かけねえ顔だが、土手《ここ》は初めてかい」

「は、はい」

声をかけたのへ、若い女は警戒するように返事をした。開いた風呂敷包みの下のほうに、隠すように腰巻が見えたのだ。

（この女、てめえのものを売ろうとしている）

とっさに感じ、

「俺はこの界隈の売人に卸しをしている者だが、おめえさんの物《ぶつ》はささやかだなあ。いくらかまわそうか」

と、市左がとめている大八車のほうを顎でしゃくった。

「…………」

女はまだ警戒を解いていないようだ。

「いや。買い取ってくれというんじゃねえ。姐さんに売ってもらって、それの割前だけもらえりゃいいんだ」

売人には元手のかからない、預け売りを持ちかけたのだ。女にとっては、割のいい話である。

「えっ、そんなこと。いいんですか」

女は乗ってきた。若いうえに、色白で意外と目鼻の整った女だった。

「あ、あの。ちょっと待ってください。せい、いえ、うちの人を呼んで来ますので。これ、ちょっと見ていてくださいな」

言うと女は火除地のほうへ走って行った。

「兄イ、なんなんだよう。聞いてりゃあ、みょうに甘い交渉をしてよ」

市左が大八車を押し戻してきて言うと、となりの莚に古着をならべていた男が、

「へへ、兄弟。あの女、よしなせえ。亭主持ちだぜ」

「そんなんじゃねえ」

鬼助が真剣な顔で返したものだから、男は怪訝《けげん》な表情になった。

鬼助はまだこの界隈では新参《しんざん》だが、市左と一緒にいるので周囲から〝兄弟〟と認められ、それにこの土手で野博打《のばくち》を開帳していた三人組の与太を木刀で叩きのめし追い出したことがある。このことがあって鬼助は新参者ではあるが、土手の仲間たちから畏敬の念をもって見られ、一帯を仕切っている店頭《たながしら》の八郎兵衛《はちろべえ》からも一目《いちもく》置かれ、

市左も鼻高々となっている。いまも木刀は、大八車の荷の下に持って来ている。

鬼助の心ノ臓はいま、高鳴っている。女は確かに〝せい〟と言いかけ、すぐ〝うちの人〟と言いなおした。〝せい〟とは〝清助〟ではないのか。ならば女の名は、

（お鈴……）

鬼助の勘が当たっているかどうかは、まだ分からない。

「あの女、わけありと見たが、いつからだい」

さきほどの男に訊いた。

「きょうからだ。素人の女が、わけありに決まってらあ。さっき八兵衛《はちべえ》さんとこの若い衆が連れて来て、ここの場所を割り当てたのさ。男も一緒だったぜ。なんでも汁粉《しるこ》売りの屋台を借りて、火除地のほうに出ているらしい。それであの女、あんたに話しかけられ、男を呼びに行ったのだろうよ」

「情夫《いろ》かい」

「あんたもそう見たかい。まともな夫婦者じゃねえ。駆落ち者かもしれねえ」

「ほっ、兄イ。そう見てたのかい。なるほど」

と、軛の中で、市左もようやく鬼助があと戻りした理由《わけ》を解した。

話しているところへ、

「これはどこのどなたか、思わぬ声をかけてくださったとか」

と、若い男が駈け寄って来た。うしろにさきほどの女が小走りにつづいている。

(包丁人と仲居……)

若い二人の雰囲気が、やはり由蔵とお妙に似ている。

(品川で、由蔵たちを倣《なら》っての二番煎じかい)

市左も感じ取った。

「市どん。俺、ちょいと八兵衛さんとこに行ってくらあ。あとの商い、頼んだぜ。この人らに預け売りをさせてやんねえ」

「あっ、兄イ」

市左が転を下におろしたときには、もう鬼助は走り出していた。

八兵衛とは八郎兵衛の通称だ。当人は〝柳原の八郎兵衛〟と名乗っているが、周囲は親しみを込め〝土手の八兵衛さん〟と呼んでいる。身内の数も少なく、柳原土手の縄張を護るだけで勢力の拡大など考えておらず、気のいい店頭《たながしら》の親分である。

みずからは柳原の両国広小路へ近いところに葦簀張りの矢場を出しており、土手で揉め事があれば誰かがそこに走り、およそのことは収まりがつく。

若い衆一人と店番の女二人がいて、まだ準備中だった。

「おう。親分さん、来ていなさるかい」

「これは珍しい。鬼助の兄イじゃねえですかい」

と、声を入れると、若い衆は愛想よく迎えた。木刀で脇差の三人組を叩きのめしたのが、よほど効いているようだ。

八郎兵衛はまだ来ていなかった。

「だったら住処《すみか》のほうをのぞいてみらあ」

と、鬼助はきびすを返し、葦簀張りを出た。

すぐ近くの柳橋《やなぎばし》のそばに、大きくはないが戸建ての住処で一家を構えている。

まだ土手は朝のうちで、店開きの準備に売人たちが立ち動いているなかに走り出してすぐ、

「おっ、鬼助さんじゃねえか」

板張りの常店に大八車を横付けし、古い米櫃《こめびつ》や長持《ながもち》を運び入れている男に声をかけられた。

「このまえはありがとうよ。また頼まあ」

「そうかい。こっちも頼むぜ」

と、見倒した家具類をいつも引き取ってくれる一軒で、由蔵たちの家具類をほとん

ど引き取ってくれたのはここだった。

その常店の前を通り過ぎてすぐだった。

「鬼助どんじゃねえかい」

なんと向かいからの声は八郎兵衛だった。小柄な五十がらみの、角顔に金壺眼《かなつぼまなこ》の特徴ある顔つきで、小規模でも店頭を張るだけあって押し出しの効く雰囲気がある。若い衆を二人随えている。これから朝の見まわりに出るところのようだ。

「これは親分さん。いまから伺うところでやした。ちょいと話が」

鬼助は言うと通りの裏手になる川原のほうを手で示した。

「ふむ」

八郎兵衛はうなずき、

「おめえら、矢場で待っていろ」

言うと鬼助と一緒に常店の板塀のあいだを抜け、神田川の川原に出た。この間にも、

「これはお早いお出まして」

「ご苦労さんにございます」

と、まわりから声がかかる。これだけでも、土手で商いをする者たちから見ケ〆《みかじめ》料《りょう》を取っているものの、恐れられたり嫌われたりしておらず、土手の秩序を守り面倒

見のいいことが分かる。

川原に出た。向かい側の岸辺は絶壁のようになり、その上に湯島聖堂の杜《もり》が広がっている。川はこのすぐ下流で大川（隅田川）に注ぎ込んでいて、その手前の柳橋が近くに見える。

流れの音のなかに、

「なんでえ。おめえさんが常店を持ちてえってんなら、相談に乗るぜ。市左も一緒になあ」

「いや、そんな話じゃねえ」

と、川原での立ち話になった。

「さっき、風呂敷商《あきな》いをしようとしている、気になる女を見かけやしてね。男のほうにも会ったが……」

鬼助は話した。

「ほう。あの女、おめえさんも気になったかい。どうやら駆落ち者らしい」

八郎兵衛は応えた。やはり女の名はお鈴で男は清助といった。

（もう間違いない）

鬼助は確信した。

八郎兵衛は相手が鬼助ということもあり、

「きのうのことよ」

と、話しはじめた。

ほとんど着の身着のままで、風呂敷包みだけを持った男女が八郎兵衛一家の門をたたいたという。

「――当面を喰いつなぐだけの商いを、土手でさせてもらいたい」

と、申し入れてきたらしい。

こうした者が町の店頭の門をたたくのは、珍しいことではない。頼られたほうは別段事情《わけ》は訊かない。訊いてもほんとうのことを言うかどうか分からないことを、この世界の者なら心得ている。

二人のようすから、八郎兵衛は窮鳥懐《きゅうちょうふところ》に入《い》ればの思いで、若い衆に言ってお鈴に風呂敷商いの場を設けてやり、清助に汁粉売りの屋台を借りる世話をしてやったのだった。

「幾日ここで口糊《くちこ》しをするか知らねえが、宿もその日その日に木賃宿へ入っているらしい。それでなにかい、おめえさん、預け売りの物《ぶつ》をまわしてやったのかい」

八郎兵衛は感心したように言った。

木賃宿の宿賃は日払いで、お鈴の広げた風呂敷包みは、その日銭《ひぜに》を稼ぐためのものであることがいまさらながらにうかがえた。そうでなければ、自分の腰巻までならべたりはしないだろう。

こんどは鬼助の話す番だ。

「ありゃあ品川の浜風という料亭の仲居と包丁人で……」

「ほう。あの老舗の」

と、八郎兵衛もその名は知っていた。

詳しく話した。神田須田町での見倒しがきっかけで港屋の事件に巻き込まれ、曖昧な解決のままおなじ品川宿から発生したのが清助とお鈴の駆落ちだ……と。

「とんでもねえ！」

八郎兵衛は強い口調で否定した。

百両の件だ。鬼助もお鈴がぎこちなく風呂敷を広げている姿を見たとき、まっさきに浮かんだのが、百両の件だった。実際に百両も持ち逃げしていたのなら、二百両をふところに逃げた由蔵とお妙のように、いずれかで所帯道具をそろえているはずだ。ところが逆に自分の腰巻まで売っている。そこが腑に落ちないのだ。

八郎兵衛は推測を口にした。

「おそらく、清助とお鈴が駆落ちしたのを知った店の誰かが百両を盗み、その濡れ衣を二人に着せたか、それとも端《はな》からそれを狙い、二人をそそのかし着のみ着のままで駆落ちさせたかのどちらかだぜ」

さらに推測はつづいた。

「おめえさっき、追手が来るとすりゃあ、その港屋を殺《や》ったやつかもしれねえってのは、奉行所の同心の勘だと言ったなあ」

八郎兵衛は真剣な表情になっている。周囲には神田川の流れの音だけで、人影は鬼助と八郎兵衛だけである。

「あゝ、言った。事件に巻き込まれたおかげで、役人に聞き込みを入れられたのさ。そのとき聞かされたのよ」

鬼助は隠れ岡っ引であることは伏せている。それを話したのは、奈美だけなのだ。

八郎兵衛はつづけた。

「おめえに聞き込みを入れた奉行所の同心、いい勘してるぜ。経緯《いきさつ》はどうであれ、悪党同士はすぐつながるもんだ。そいつが清助とお鈴に濡れ衣を着せたかもしれねえ野郎に頼まれたとなりゃあ、危ねえぜ。清助とお鈴の命がよう」

「やはり、親分さんもそう思いなさるか」

「なにを呑気なことを言ってやがる。おめえ、あの二人の居どころを教えて役人にいい顔してえだけなのかい。それとも二人を助けてえのかい」

「どっちでもねえ。同心の旦那から百両の話を聞いたから、気になっただけだ。だけどよ、濡れ衣を着せられて捕まるのは理不尽だ。見過ごせねえ」

「ほう。だったら話は簡単だ。二人の濡れ衣を晴らしてやることだ」

「できるのかい」

川原での立ち話は熱を帯びてきた。

「できる。少々危ねえが、追手にあの二人を襲わせ、そこを捕まえて誰に頼まれたか吐かすのよ。それを役人に教えてやりゃあ、あいつらの濡れ衣は晴らせるうえに、実際に百両を盗んだやつを役人に捕まえさせることだってできらあ」

すでに八郎兵衛はその気になっているようだ。

もとより鬼助はその算段である。だが、具体的にはまだ雲をつかむような話だ。川原に一陣の風が吹いた。

「しかしよ、あの二人を襲わせるって、できるのかい。ほんとうに追って来ているか、追っていたとしても、そやつが二人を見つけ出せるかどうかも分からねえんだぜ」

「ははは。方法はあらあ」

八郎兵衛は笑いながら言った。

「柳原《ここ》はなあ、わけありで金に困り、やむなく風呂敷商いで日銭を得ようとする者がよく来るところよ。わしもきのう、清助とお鈴を見たときにゃ、その手合いだと思ったぜ。だから、なんとか算段してやったのよ」

「だからさあ、親分さん。さっきも言ったでやしょう。それをどうやって」

鬼助はいくらかいらいらしてきた。追手をおびき出す方途を知りたいのだ。

「まだ分からねえかい。あの二人が濡れ衣なら、その口を封じようとしている野郎が追手を出したことに間違えはねえ。追手になった野郎が一端《いっぱし》の悪党なら、柳原土手がそういうところでもあることを知っているはずだ。野郎め、きっと土手《ここ》に来るはずだ。だからよう、あの二人にしばらくここで商いをさせるのさ」

「あ、なるほど」

鬼助は感心したように声を洩らした。

八郎兵衛はなおもつづけた。

「だからよう。おめえ、市左どんにも話して、お鈴に預け売りをつづけさせてやんねえ。わしは清助に汁粉売りが、ずっとつづけられるよう算段しようじゃねえか。宿《やど》も浮き草みてえな木賃宿じゃなく、俺たちの目のとどく所じゃねえといけねえ」

「土手の親分、あんた……」

鬼助は真剣な目で八郎兵衛を見た。八郎兵衛はまさしく、懐に入った窮鳥を助ける思いから話している。同時に鬼助の脳裡は、

（捕まえりゃあ、品川宿の番所の役人どもの関わりも洗い出せる）

算段していた。

三

鬼助と八郎兵衛が土手の通りに戻って来たとき、どの商舗もきょうの準備を終え、

「兄イ、遅かったじゃねえかい」

と、市左も大八車を矢場の近くに停め、鬼助の戻りを待っていた。

「風呂敷商いにゃ多すぎるほどの物《ぶつ》を、お鈴さんにまわしておいてやったぜ」

と、荷台はカラになっていた。

「ほう。それはいいことをした」

と、帰りも小伝馬町の牢屋敷の脇を通り、カラになった軽い車輪の音のなかに、鬼助は八郎兵衛との話の内容を語った。

「そこまでやりやすので？」

　と、市左は真剣な顔になり、いま通り過ぎた牢屋敷にふり返り、

「また幾人か、あの中に送り込むことになりやすねえ」

　車輪の音のなかに言った。

　まだ午前である。

　伝馬町の棲家に戻ると、奥の長屋のおかみさんが走り出て来て、

「いまさっきさね。両国の米沢町の住人だと言ってた。鬼助さんにあしたの朝、大八を牽いて市左さんと一緒に来てくれって。それだけ言やあ分かるからって」

　分かる。堀部家の浪宅だ。また町内の住人を遣いに寄越したようだ。

「大八を牽いて？」

　と、鬼助は問い返したが、遣いの者は〝大八を〟と言っただけらしい。

「お、俺も名指しでかい。兄イ！」

　と、横で市左は大喜びになった。米沢町の浪宅に行けば、

（また高田馬場の武者に会える！）

　そこが市左にはたまらない。もちろん、

「――浅野家のお人ら、このまま黙っているつもりかい」

と、巷間《こうかん》のうわさは耳にしており、そこも気になるところだ。

翌朝、お島が仕事に出る時分には、市左は起きて縁側の雨戸も開け、

「さあ、俺たちも出かけようぜ」

と、紺看板に梵天帯を締めた中間姿で行こうか、それとも荷運び人足らしく腰切半纏に三尺帯の職人姿にするか迷っている鬼助に声をかけた。鬼助はまだ夜着のままだが、市左はとっくに職人姿に着替えている。

お島が、

「きのうはどうもね」

と、路地から縁側に割前のお礼の声を入れ、

「あらあ、あんたたちもこれから仕事なのね」

と、ふり返った。

「はい。お世話になります」

と、返したのは、清助とお鈴だった。清助は汁粉の屋台を担ぎ、お鈴は風呂敷包みを小脇に抱えている。

もちろん古着の売り場の確保と汁粉の屋台の手配は八郎兵衛で、汁粉売りの爺さん

が体調を崩し、しばらく使ってもらえるならかえって助かると八郎兵衛に礼を言っていた。

寝る所は市左の世話だった。世話というより、百軒長屋のように幾棟も長屋がならんでいるところでは、常時空き部屋の一つや二つはあり、市左が大家に口利きをし、請人《うけにん》が八郎兵衛とあっては一も二もない。さっそくきのうの夜からの入居で、夜具や家具などは柳原土手から入るのだから、間に合わぬものはない。部屋はお島たちの長屋の、もう一棟奥のほうだった。

八郎兵衛は、鬼助と市左に言っていた。

「――昼間はわしらの目があるが、夜はおめえらだぜ」

来るであろう殺し屋に、合力《ごうりき》して備えようというのだ。もちろんそのことは、長屋の者には伝えていない。だが、駆落ち者であることは自然に分かるだろう。殺し屋を呼び込むには、かえってそのほうがいい。清助とお鈴も、それらしい影を感じたなら、即座に八郎兵衛か鬼助たちへ知らせることになっている。

縁側でお島を見送った市左は、

「さあ、もう準備はできているぜ」

と、お鈴を呼び寄せた。

きのうお鈴に預けた物《ぶつ》は、いくらか売れ残っているものの、もとの品が少なかった。茣や風呂敷での商いでも物が少なければ客は寄って来ない。棲家の物置小屋には在庫がない。そこで取って置きの腰巻を、すべてお鈴に任せることにしたのだ。

きのう、

「——こればっかりは、売り手も女のほうが買い手も買いやすいぜ」

「——それがいい。腰巻に囲まれて土手に一日立っているなんざ、わしゃあ恥ずかしくってしょうがねえ」

などと市左と鬼助は話したものだった。

縁側まではお鈴が小脇に抱えていた風呂敷包みが、そこを立つときには大きくふくらみ、背中に背負い、よいしょと声をかけるほどになっていた。

清助は汁粉の屋台を肩に、お鈴は大きくなった風呂敷包みを背に、縁側にふかぶかと頭を下げ、柳原土手に向かった。鬼助は結局中間姿をこしらえ、縁側に出てきていた。その背を見送りながら、

「殺し屋の野郎、引っかかってくれればいいがなあ」

「八兵衛さんの言ったこと、理に適っておりやすぜ」

鬼助と市左はつぶやくように交わし、

「さあ、行くぞ」

「おう」

と、縁側の雨戸を閉めた。これから大八車を牽き、両国米沢町である。だが、なにをどこへ運ぶのか、まだ聞いていない。

四

中間姿で木刀を腰の背に差した鬼助は終始、首をかしげたままだったが、

「へへい、なにを運ぶんでやしょうねえ。ひょっとして本所二ツ目へ弓、鉄砲……」

「黙れ！」

軛の中で言いかけた市左を、横にならんで歩をとる鬼助が叱るように言った。

「へ、へい」

市左は歩を進めながら首をすぼめた。ちょうど荷馬の列を追い越しているときで、他人《ひと》に聞かれることはなかった。

かるがるしく口に出してはならないことを、市左も心得ている。だが、久しぶりに高田馬場の中山安兵衛こと堀部安兵衛に会えるとあって、なかば有頂天《うちょうてん》になってい

たのかもしれない。

大八車は両国広小路に入った。芝居小屋や見世物小屋にそぞろ歩きの往来人と、相変わらずのにぎわいである。米沢町はすぐそこだ。

「いいか、向こうで滅多なことを訊いたりするんじゃねえぞ」

「へ、へい」

あらためて強い口調で言った鬼助に、市左は恐縮したように返した。

米沢町の浪宅に着くと、おもての板塀の門は開いていた。大八車を門の前につけ、中に入ると玄関の戸も開いている。中でなにやら動きがある。

玄関口に声を入れると、姐さんかぶりにたすき掛けの幸が出てきて、中間姿であるにもかかわらず、そのまま玄関口から屋内に招じ入れられた。玄関から、しかも中間姿で屋内に上がるのはこれが初めてだった。わけの分からないまま市左もつづいた。

なんと引っ越しだった。袴の股立《ももだ》ちを取った安兵衛が差配し、弥兵衛もいるがほかに武士が二名いた。浅野家上屋敷で顔に見覚えはあるが、名までは知らない。引き合わせられるよりもさきに、

「さあ、これとそれだ。大八に積め。それからこれもな」

安兵衛に言われ、市左と一緒につぎつぎと大八車に運び、二人の武士も手伝った。

武家で引っ越しや大掃除といえば中間の仕事だ。武士も一緒に荷を運ぶなど、鬼助にとっては畏れ多いことである。しかも職人姿ではなく、以前の中間姿で来ている。こんどは市左が首をかしげながら、鬼助は恐縮の態で、言われるまま荷をおもての大八車に積み込んだ。

「これで全部だ」

言われたとき、積み込んだのは布団も家具、調度品、台所用品も、浪宅のほんの一部で、一回の運びでまにあう量だった。

安兵衛も弥兵衛も、当然見知っているものと看做《みな》していたのか、引き合わせのないまま出発の段になって二人の武士から、

「喜助だったなあ。さすが堀部家の中間とその仲間だ。働き者じゃのう」

と、くつろいだ雰囲気で声をかけられた。武士は横川勘平《よこかわかんぺい》に毛利小平太《もうりこへいた》といった。二人とも浪人になったせいか、気さくで鬼助や市左に威張り散らすようなことはなかった。

弥兵衛と和佳、幸の三人が玄関の前まで出て大八車の一行を見送った。

動きだした。

『どこへ？』

訊ける雰囲気はなかった。安兵衛と横川勘平、毛利小平太の三人が無言で前を大股で歩き、そのうしろに鬼助と市左の大八車がつづいている。市左が轅に入り、鬼助がうしろから押し、これもまた、話しながら荷運びができるかたちではない。しかも武士に差配されている中間とその相棒とあっては、なおさら話しながら仕事をするわけにはいかない。

会話のないまま、

（いったいどこへ？　それに、なぜ一回で終わるだけの量？）

鬼助と市左の脳裡には、おなじ疑念が湧いている。

安兵衛たちはなおも黙々と、大股で歩を進めている。

両国広小路に入り、

（どういうことだ）

鬼助が大八車を押しながら顔を上げたのは、前の三人が両国橋に踏み込んだときだった。渡れば本所一ツ目で回向院を越えた二ツ目には、上野介の入ることになっている旧近藤邸ではないか。目下改装中で、上野介はいま白金村の上杉家下屋敷にいる。

鬼助と市左は、そのどちらにも呉服橋から荷を運び、中にも入っている。鬼助のもたらした手製の絵図面には、安兵衛も弥兵衛も目を瞠《みは》り歓声を上げたものである。

橋板を踏み、一段と増した騒音のなかに轅の市左がふり返り、顔を上げた鬼助と視線を合わせた。問うようなその目に、鬼助は首をかしげて応えた。市左は怪訝な表情のまま前に向きなおり、安兵衛ら三人のあとにつづいた。

両国橋を渡るとすぐ下流になる右手の南方向へ曲がり、大川に注ぎ込む掘割の竪川に架かる一ツ目の橋を渡り、南岸の川筋の往還を上流に向かった。左手には対岸の回向院の屋根が見え、前方には二ツ目の橋が見える。

安兵衛ら三人はなおも黙々と歩を進めている。

対岸では吉良邸のあたりをすでに過ぎ、二ツ目の橋も過ぎた。上流に三ツ目の橋が見える。大川に注ぎ込む河口からまっすぐ、十五丁（およそ一・七粁《キロ》）ほどの場所である。その三ツ目の橋の手前で、竪川から離れるように枝道を南へ曲がった。

「ここだ」

安兵衛が立ちどまり、手で示したのは、戸建てで米沢町の浪宅の倍はあろうか。玄関を入ると、そこは板敷きの間になっていた。

それになんと、奈美が掃除の手伝いに来ていた。

「どうだ、ここで町道場を開く。鬼助、おまえのおかげだ。本所二ツ目に吉良が移ると知らせてくれた日から、向こうさんより早く移り住んでおこうと思って、近辺にこうした空き家を找《さが》していたのだ。找すにあたっては、磯幸の女将が手を尽くしてくれて、借家の請人《うけにん》にもなってくれてのう」

「はっ」

板敷きの間に立ち、言った安兵衛に鬼助は返した。なるほど、それで奈美が手伝いに来ていたのだ。同時に鬼助は誇らしい気分になった。自分の知らせがこうした安兵衛の行動につながっていた。旧浅野家臣は、口さがない江戸すずめたちがどう言おうと、着々と準備をととのえているのだ。

「鬼助、市左もだ」

「へえ」

市左はきょう初めて安兵衛から名を呼ばれ、緊張の面持ちで返事をした。

「おまえたち、ここで俺たちの本名は決して口にするな。いずれも変名を使っておるでのう」

「ははっ」

安兵衛のさらりと言った言葉にその場へ緊張が走り、鬼助は武家奉公のときのように返し、市左もさらに緊張を重ねた表情になった。

仕事はまだあった。米沢町から運んで来た荷を屋内に入れると、

「悪いが、もう一軒運んでくれ」
言われ、すぐに出かけた。毛利小平太が一緒だった。改易以来、赤坂の裏長屋に横川勘平と一緒に一部屋を借りていて、安兵衛が道場を開くというので、二人そろって越して来ることになったらしい。
赤坂の長屋で、荷を大八車に積みながら、
「志《こころざし》はあっても、生活《たつき》に困っておる者が多いでのう。あとにも独り者が幾人か道場
にころがり込んでくるかもしれぬ」
毛利小平太は言っていた。
なるほど二人分の引っ越しといっても、かさばる物は布団だけで、まな板から桶、
油皿と部屋の物を根こそぎ運び出しても、大八車一回分しかなかった。残したのは竈《かまど》
の灰だけとあっては、市左がいても見倒す物はなにもなかった。
本所三ツ目の道場に大八車を牽いて戻り、すべてを終えたのは日の入りの少しまえ
だった。
奈美がさきに町駕籠を呼んで帰ることになり、あまり目立たぬように安兵衛と中間
姿の鬼助だけが外まで出て見送った。

奈美は町場の磯幸にいるからこそ、旧浅野家臣たちと戸田局をとおして瑤泉院とのつなぎ役となり得るのだ。三次浅野家が江戸城中でつかんだ柳営の動きを、瑤泉院が旧家臣たちに知らせる連絡役ともなっている。

「鬼助さん。また連絡を取り合いましょう」

駕籠に乗るとき、奈美が言ったのへ、

「へえ、また」

鬼助は緊張の面持ちで返した。鬼助はすでに二ツ目の吉良邸に入っている浪人の加瀬充之介とつながりを築いている。これからの旧浅野家臣たちにとって、奈美と鬼助の存在は大きく、重要でもあるのだ。

まだ明るさの残るなか、道場の板敷きの間で簡単な夕食をとったとき、皆がおなじ仕事をしたせいもあってか、武士の安兵衛らと中間姿と職人姿の鬼助、市左も一同そろっての円陣となった。そこに鬼助は、

(俺は脇役なんかじゃねえ。このお人らと、一体となっているのだ)

あらためて胸中に湧き起こるものを感じていた。

「それじゃあっしらもこれで」

と、鬼助と市左が外に出たときには、提灯が欲しいほどのころあいになっていた。

「おう、これを持って行け」

と、毛利小平太が赤坂から運んで来た提灯に火を入れてくれた。

安兵衛が玄関の内側で見送り、

「俺はしばらくこちらに住まうが、米沢町にもときおり顔を出してやってくれ」

真剣な表情で言った。安兵衛が存念に関わることを言ったのは、変名の件と〝向こうさんより早く〟の二言だけだった。一緒に赤坂の荷を運んだ毛利小平太もそうだった。この本所三ツ目に居を構えた理由を、誰も口にすることはなかった。

両国橋の喧騒はすでになく、広小路も暗い巨大な空洞に提灯の灯りがぽつぽつと揺れるばかりとなっている。昼間聞こえなかった大川の水の音が聞こえ、そこへわずかに市左と鬼助の牽く大八車の音が重なった。大伝馬町への通りに入った。両脇に飲食の店の灯りがちらほらと見え、音はカラの大八車の音ばかりである。

軛に入っている市左が、車輪の音のなかに低い声を混じらせた。鬼助は提灯を手に、市左と肩をならべている。

「やはり元赤穂藩のお侍さんがた、やりなさるんだねえ。その準備でやしょう。安兵衛の旦那があそこに道場を、見張り所として……」

「市！」

叱責するような鬼助の強い口調に、市左は言いかけた口をつぐんだ。

あたりは鬼助の提灯の灯りと、車輪の音ばかりである。

無言の歩を進め、こんどは鬼助が低い声で言った。

「清助どんとお鈴さん、きょうは無事だったかなあ」

「あゝ、それ、忘れていやしたぜ。二人とも、もうとっくに長屋へ帰《けえ》っていると思いやすぜ」

「だといいのだが」

二人の足は自然に速くなり、車輪の音も大きくなった。心配なのだ。

その急ぎ足のなかに、市左はまた言った。

「清助とお鈴を狙うやつを取り押さえようっての、さっきの旦那がたとおなじ存念になってんじゃねえのかい。兄イは小谷の旦那に言いやしたぜ、敵討ちがしてえって」

「あゝ、言った」

「やっぱり……。だけどよ、誰の敵《かたき》を討つんでえ。まさか港屋宇兵衛のためじゃあるめえ。それとも女たちの……」

闇に車輪の音が響いている。両国広小路を離れれば、もう暗い空洞となった往還に飲食の店の灯りも屋台の提灯もない。

「それもあらぁ」

鬼助は低く返し、

「まあ、この敵討ち、世のためと言えるかな。おかしいかい」

「おかしかねえ」

二人の足は大伝馬町の通りから、小伝馬町のほうへ向かう枝道に入った。その途中に、百軒長屋は広がっている。

「大丈夫と思うが、急ごうぜ」

「おう」

鬼助の言ったのへ市左は返し、二人の足はさらに速まった。

五

着いた。奥の長屋に騒動のあった気配はない。いつものように静かだ。

「一応、念のためだ」

「がってんで」

二人は棲家の前に大八車を停め、奥に向かった。手前はお島がいる五軒長屋だ。二部屋ほど灯りはあったが、お島の腰高障子に灯りはない。もう寝たのだろう。

市左が提灯を持ち、二人は足を忍ばせるように、二棟目の長屋に向かった。ここも五軒長屋だ。清助とお鈴の部屋の腰高障子だけ灯りが洩れていた。入って二日目とあっては、まだ緊張が融けないのだろう。

近づき、腰高障子の前に立った。中に人の気配はあるがもの音はしない。若い駆落ちの男女だ。鬼助と市左は顔を見合わせ、安堵とともににやりとしてそこを離れようとした。

その刹那《せつな》だった。

いきなり腰高障子が音を立て、中で身構えたのは清助だった。心張棒を握り、お鈴もすりこぎを手に狭い三和土《たたき》に下り、清助の横で身構えていた。

「おっと。早まっちゃいけねえ」

鬼助は一歩下がり、二人をさえぎるように両手を前に出した。市左は驚いたように一歩退いた。

「これは鬼助さんと市左さん。こんな時分なもので、てっきり……」

「すまねえ。野暮用で帰《けえ》りが遅くなっちまったもんでなあ。なにごともなかったかどうか確かめようと思ってよ」

「そういうことだ。あんたら逃げ腰になるんじゃのうて、逆に向かって来るなんざ、大したもんだぜ」

言う鬼助と市左に二人はしきりに詫びた。市左が言ったのは皮肉ではない。実際に〝これなら〟と思ったのだ。鬼助はそこからさらに一歩、思考を進めていた。

「きょうはもう遅《おせ》えや。あしたの朝、仕事に出るめえに寄っていきねえ」

鬼助は言うと市左をうながし、引き揚げた。

棲家に戻ってから、

「あしたよ、俺たちの探索の手掛かりが、もっと詳しくつかめそうだぜ」

鬼助は淡い行灯の灯りのなかに、声を低く這わせた。

「手掛かり？　向こうから来るのを待つのじゃねえのかい」

「そうさ。土手の親分は百両の話も二人にして、気をつけろと言っているはずだ」

「そりゃあそうだろう。だからあの二人、憤慨して心張棒などを」

「そこだ。あの二人に相手の心当たりがあるってことよ」

「どういうことでえ」

「分からねえかい。さっき俺たちが腰高障子の前に立ったとき、おめえも言っていたじゃねえか。〝逃げ腰になるんじゃのうて、逆に向かって来るなんざ〟ってよう」

「あゝ、言った。頼もしいじゃねえか」

「だろう。ということはだ、あの二人に相手が誰だか見当がついており、それが自分たちでも心張棒とすりこぎで、わたりあえる野郎だってことよ」

「誰でえ、そんな野郎は。港屋宇兵衛を殺ったやつじゃねえのかい」

「そこよ。二人ともその心当たりの野郎が、殺しの手練者《てだれ》を雇ったなんてことまでは考えが至っていねえようだ。そこまで考えていたなら、恐ろしくって柳原に面《つら》などさらせるかい。かといってこのまま遁走《とんずら》こいたんじゃ、ほんとうに百両盗んだことにされちまわあ」

「まあ、そうならあ。それで?」

「あしたの朝、二人とじっくり話してえ。二人ともここに居ついて囮《おとり》になってもらわにゃあ、世のため敵討ちができねえからなあ」

と、きょうは歩き疲れたか、すべてはあしたとばかりに、鬼助は行灯の火を吹き消した。

翌朝、

「あらあ、二人ともこんなに早く」

と、姐さんかぶりに商売道具を背負ったお島が、鬼助たちの棲家の縁側に腰掛けている清助とお鈴に声をかけ、

「困ったことがあったら、相談してね。あたしたち、働いている者同士だから」

と、おもての通りへ出て行った。

清助とお鈴は腰を上げ、辞儀をした。

「なにが相談してねだ。おめえに相談できる話なら苦労はしねえや」

縁側に胡坐《あぐら》を組んでいる市左が低声《こごえ》で言った。お島の善意は分かっている。だが、深刻な話を、さっきから鬼助もそこに胡坐を組み、話しているのだ。清助もお鈴も百両の件は体を震わせて否定し、これまで誰にも話さなかった駆落ちへの経緯を話していたのだ。

一月《ひとつき》ほどまえらしい。いきなりお鈴に縁談が持ち上がったという。しかも持ちかけたのが奉公している浜風の女将《おかみ》で、親戚筋のせがれだという。料亭の仲居が女将の親戚筋の嫁に……悪い話ではない。女将はお鈴の国許にも連絡し、両親は大喜びで女将に感謝したというから、話はもう決まりとなった。お鈴は悩み、かねて将来を言い交し、すでにひと通りではない仲になっていた清助に相談した。湯屋からの帰り、店の裏手の軒端だったという。

「それを番頭に聞かれたのです」

お鈴は言った。二人が蒼ざめたのは想像に難《かた》くない。

「ところが、思いがけなくも……」

清助が話した。

路地をときおり人が通るが、いずれも長屋の住人で、新たに入った二人が口利きをした市左たちと世間話でもしているとしか思わないだろう。誰もがお島とおなじような声をかけていく。そのたびに清助とお鈴は腰を浮かせ、挨拶を返していた。

その縁側で話している、世間話の本題である。

番頭は女将へご注進に及ぶのではなく、

「――おまえたちのことは、まえまえから気づいていた。力になってやろう。いますぐ逃げるのだ」

番頭は二人に言ったという。

それだけではない。人知れず逃げる手引もしてくれるというのだ。清助とお鈴は興奮とともにその気になり、いまを逃してはあとがないとばかりに、

「身のまわりの品をまとめ、その日暗くなってから二人で逃げたのです」

「でも、あとから考えてみると、どうして番頭さんがそんなに親切だったのか……」

「それが百両の濡れ衣を俺たちに着せるためだったとは、くくくっ」

清助はまたも肩を震わせ歯ぎしりをし、

「あの人は悪所通いをたびたび旦那さまに注意され、女将さんからも疎《うと》まれていたのです。あたしたち奉公人のあいだでも評判が悪く……」

お鈴が冷静な口調でつづけた。

番頭の名は壱次郎《いちじろう》といい、なよなよとした風貌で腕力はなく、

「来たなら引っ叩《ぱた》いて自身番に突き出してやろうと」

「それで心張棒にすりこぎかい」

「へえ、まあ。失礼いたしやした」

市左がからかうようにいったのへ、清助はぴょこりと頭を下げた。

壱次郎はまんまと店の金百両を猫ばばし、二人に濡れ衣を着せたことになるが、おそらく壱次郎は清助とお鈴の秘事《ひそかごと》を盗み聞きし、その場でとっさに思いついたのだろう。ところがあとで考えてみると、はなはだ危険である。清助とお鈴が百両の咎《とが》で手配されていることを知り、驚いて名乗り出てきたらどうなる。

一端《いっぱし》の悪党ならどうする。

悪事を隠すには、悪事を重ねるしかない。思いつくのはただ一つ、

（口封じ）

壱次郎が悪所通いをしていたような男なら、それを金で請け負う者に心当たりがなくはあるまい。おなじ品川界隈にとぐろを巻いているやつ……。

（港屋宇兵衛を屠《ほふ》った野郎）

鬼助の脳裡にも市左の脳裡にも確信として浮かび、とくに鬼助は、

（俺たちの算段に間違いはねえ。品川の番屋の役人どもをいもづる式に）

ふたたび頭を回転させていた。

鬼助は清助とお鈴へ厳しい視線を向け、

「そういうときはなあ、壱次郎自身が来るとは限らねえぜ。このあと、異常を感じたなら逃げるか騒ぐかしなせえ。心張棒などもってのほかだ」

「げえっ」

清助は声を上げ、お鈴と顔を見合わせた。二人とも、事態の重大さがよく分かっていなかったようだ。そのような能天気な二人だから、壱次郎の口ぐるまにも乗ってしまったのだろう。壱次郎がほんとうに二人のあいだに以前から気づいていたのかどうかは分からないが、とっさに二人を駆落ちさせ百両の濡れ衣を着せるなど、なかなか頭のまわりがいい男のようだ。しかし、そのあとの始末を算段していなかったのは、

(やはり思いつきの発想だな)

鬼助は狼狽の態《てい》になりはじめた清助とお鈴を見て、引っかかった軽率さをなじりたくなった。だがそのおかげで、品川の番所の役人どもを焙《あぶ》りだす端緒《たんちょ》が得られるかもしれないのだ。

「つまりだ」

あらためて鬼助は二人へ視線を向け、

「昼間はなにごとも八郎兵衛の親分と相談し、ここに帰《けえ》って来りゃあ俺たちを頼りねえ。おめえさんらを、死なせるようなことはしねえ」

「そ、それは!」

「清さん!」

安心させるつもりで言った言葉が、かえって二人には恐怖心を呼び起こすものとなったようだ。

清助とお鈴は腰を上げ、汁粉の屋台を担いだ肩と、腰巻を包んだ風呂敷包みを背負った肩を寄せ合い、ぎこちない足取りで柳原土手に向かった。

鬼助と市左は縁側に座ったままそれを見送り、

「嵐が過ぎりゃあ、いい夫婦になりそうだなあ」

「けっ。まあ、そうなりやしょうかねえ」

　つぶやくように交わし、

「それよりも兄イ。毛利の旦那が言ってなすったが、あと幾人かあの見張り所じゃねえ、道場に引っ越すかもしれねえって。動き出しているんでやすねえ」

「そのようだ」

　二人はまだ縁側に座ったままである。

「また、あっしにも手伝わさせてくんねえ」

「安兵衛さまから話があればな」

「うひょー。見倒屋稼業は人助けだけじゃねえってことが、兄イと一緒にやりだしてから分かりやしたぜ。悪党退治で世直しも。そのうえ元赤穂藩のお人らの手助けを、人に隠れてじゃねえ、昼間から堂々と。もう、たまんねえ」

「市どん」

「へ、へい。おっと、他人さまにゃ言いやせんぜ」

「そのことじゃねえ。世直しのほうだ。あの二人の濡れ衣を晴らすにゃ、小谷の旦那の合力がいらあ。緻密《ちみつ》な策もな。それに小谷の旦那が言っていたろう、〝そやつを茅場町の大番屋に放り込みゃあ、もうこっちのもんだ〟って。行こうぜ、これからお奉行所へ。それに土手の八兵衛さんとこにもな」

「へい」

鬼助と市左は同時に腰を上げた。

「それにしても思うのだが、見倒屋たあ、いろんなものに出会う仕事だなあ」

「そりゃあ、もう。とくに兄イが来てからよ」

言いながら、日の出のころに開けた雨戸をふたたび閉めはじめた。外出の用意だ。

その雨戸の音に、由蔵とお妙の家財の見倒しからつながってきた一連の事件が、安兵衛の開いた見張り所ばかりではないが、いよいよ最後に向け動きはじめたのを鬼助は感じ取っていた。

四　濡れ衣晴らし

一

清助とお鈴を護っている店頭《たながしら》の八郎兵衛よりも、奉行所の小谷同心をさきに訪《おとな》うのは、岡っ引の手札を小谷からもらっているからだ。もらっているというより、鬼助の場合は預かっているといったほうが適切だろう。鬼助が岡っ引になったのは、その証明となる手札をふり出したのが小谷健一郎だからだ。もし並の同心から岡っ引になれと言われたなら、悪い冗談はよせと一蹴《いっしゅう》していただろう。だから小谷同心の岡っ引になっても、

「――指図は受けねえ。合力《ごうりき》するかどうかは俺が決めさせてもらうぜ」

と、隠れ岡っ引のかたちをとっているのだ。小谷もそれを承知している。

それに小谷は、殺し屋になった野郎を〝茅場町の大番屋に放り込めば、もうこっちのもんだ〟と言っていた。茅場町は八丁堀のとなりである。小谷に下駄を預ければ、万事うまくやってくれるかもしれない。それでこそ悪党退治の世直しができるのだ。

鬼助と八郎兵衛だけでは、せいぜい殺し屋を返り討ちにするのが限界である。

奉行所の正面門に訪いを入れると、取り次いだ門番が〝いつもの茶店で待て〟との伝言を持って来た。

待つほどもなかった。小谷が鬼助と市左を追うように奉行所を出て、新橋の茶店・和泉屋に着いたのは、

『おぉう、鬼助、市左』

と、街道に出るなりその背を視界に収め、声をかけようとしたほど、ほとんど同時だった。急なことで、千太がいない。

例によって手前を空き部屋にした一番奥の部屋で、

「おめえらのほうから来るとは珍しい。なにか動きがあったのかい」

と、さっそく話が始まった。

「まだ動きはござんせんが、背景は分かりやした」

と、鬼助は清助とお鈴が番頭の壱次郎にそそのかされた経緯と、柳原の店頭の八郎

兵衛と合力して二人を護っている情況を語った。

　小谷は膝を打ち、

「それでよい。土手の八兵衛め、いい勘しておる」

　八郎兵衛が小谷に対して言ったのとおなじことを言い、

「きっと来る。〝動きはござんせん〟じゃなく、すでに動いているのが見えねえだけだと思え」

「そう思いやしょう。で、どんな野郎が殺し屋になって来ているか、奉行所のほうでも分かりやせんので？」

「それだがなあ」

　小谷はいっそう真剣な表情になり、

「隠密同心が品川に入り、いろいろと聞き込んでいるが、品川番所のやつらめ、どうやら便利なやつを雇っていて、それが一匹のまむしみてえな野郎で、しばらく品川にとぐろを巻いていたらしいが、港屋宇兵衛を殺《や》ったのはそいつだろう。もちろん番所の役人どもに頼まれてだ、証拠はなにもねえが。そのあと品川からぷっつりいなくなったらしい。おそらく、おめえがさっき言っていた賭場か岡場所の悪所とやらで浜風の番頭、なんとかいったなあ」

「壱次郎」

市左が応えた。

「そうそう、その壱次郎と知り合い、新たな殺しを頼まれて、清助とお鈴を追っているのだろう。そう考えりゃあ、品川にいたときといなくなったとき、時の経過がぴたりと合わあ」

「品川にとぐろを巻いていたという、まむしみてえな野郎、どんなやつですかい」

つづけて市左が問いを入れた。

「それが分からねえ。品川番所のやつらとなんらかのつながりがある男とは分かっているが、それ以上のことは支配違いで探索の入れようがねえ。出て来たところを捕まえる以外にねえってことさ。そうなりゃあ品川のやつら、真っ青になるだろうよ。だがな、そこまで漕ぎつけても問題がもう一つある」

「なんですかい」

鬼助が小谷に視線を釘づけた。

「ほれ、番頭の、えーと、壱次郎。そやつを取り逃がすかもしれねえ」

「どうしてですかい。まむし野郎を捕まえると同時に、品川の浜風にも踏み込み、壱次郎を挙げりゃいいじゃねえですかい。勘定奉行で道中奉行の久保出雲守さまから、こっちのお奉行が依頼されているからってえ話はどうなったんですかい」

「まだ効いている。だがな、いきなり六尺棒は入れられねえ。まむし野郎に壱次郎とやらの名を吐かせ、それでお奉行が出雲守さまに申し入れをしてからになる。幾日かかるか分からねえ」

「あ、そのうちに逃げてしまう」

と、市左。

「そういうことだ」

「方途はねえのですかい」

「ある」

鬼助の問いに小谷は応え、となりは空き部屋になっているのにさらに声を落とし、鬼助と市左は膝ごと前にすり出た。

まだ午前《ひるまえ》である。鬼助と市左は柳原土手に向かっていた。

柳橋に近い八郎兵衛の住処《すみか》だ。

八郎兵衛は居間で鬼助と市左を迎えた。

代貸も同席している。八郎兵衛は厳しい顔つきで言った。

「そんならおめえら、なにかい。俺たちゃあ黒子《くろこ》で、大向こうを唸らせるところは、奉行所の小谷の旦那に譲るってのかい」

無理もない。まむし野郎を引き寄せ、

「――あとは奉行所に任せやしょう」

などと、まるでお上《かみ》のまわし者のようなことを、鬼助は言っているのだ。

「そうじゃねえ。奉行所の手先を務めようってんじゃねえ。まむし野郎を返り討ちにするくらい、人数をそろえて待伏せすりゃあ簡単だ。だがよ親分、それじゃ清助どんとお鈴さんを護ったことにゃならねえぜ」

「ちゃんと護ったことになるじゃねえか」

と、代貸。三十がらみでなかなか押し出しの効く風貌の男だ。

鬼助は返した。

「二の矢、三の矢が来るかもしれねえ。護ってやるってえのはなあ、憐れな清助とお鈴の濡れ衣を晴らしてやることじゃねえのかい」

「そうだ」

八郎兵衛はうなずいた。

「そのためにゃあ、まむし野郎を生け捕りにして役人に引き渡すしかねえ。あとは小谷の旦那が茅場町の大番屋で牢問《ろうとい》にかけてでも、殺しを頼んだ野郎を吐かせてくれらあ。それでようやく清助とお鈴が安堵を得られるんじゃねえのかい」

「ふむ。やはり、鬼助どんの言うとおりだ」

八郎兵衛は金壺眼をぐるりと動かし、

「おめえさんらの話じゃ、清助たちに駆落ちをそそのかして百両の猫ばばを決め込んだのは、浜風のイチジクじゃねえ、そんな名の番頭だっていうことだが」

「壱次郎だ」

と、また市左。

「そう、その壱次郎だ。品川にいるんじゃ、奉行所の手が届くめえ」

「へへ。そこが相談のしどころってえやつでして」

市左はつづけて言い、さらにひと膝まえにすり出た。

和泉屋での小谷との談合で、鬼助と市左はそこまで話し合っていたのだ。

八郎兵衛と代貸、それに鬼助と市左が箱火鉢《はこひばち》をはさんで向かい合うように座を取っている。箱火鉢はもちろん冬場は暖をとるためだが、いまは種火が灰の下のほうに埋めてあるだけで、灰皿代わりになっている。

「ふむ」

「なるほど」

と、そこが一家の住処で立ち聞きの心配などないはずだが、四人とも箱火鉢の上に額を寄せ合い、低声《こごえ》の密談のようになった。

最後に八郎兵衛は言った。

「ともかくだ、小谷の旦那に柳原の土手《うち》に入《へえ》ってもらっちゃ困るぜ。あの頼りねえ岡っ引の千太もだ。おめえら小谷の旦那から聞き込みを入れられたついでに、逆にこっちから話を持ちかけるってんなら、そこんとこをきつく言っておいてくんねえ。ま、ここで一つ、あの旦那に貸しをつくっておこうかい」

「そうしなせえ。俺たちもその算段だ」

鬼助は箱火鉢の上から顔を引きながら言った。

帰り、八郎兵衛が玄関まで見送り、代貸はそのままついて来た。土手の案内に立つというのだ。

なるほど、柳原土手という道一筋の狭い縄張内《しまうち》では案内の必要などないが、お鈴も清助も商いの場が変わっていた。お鈴は両国広場寄りの矢場のすぐ横でいくらかの古着と一緒に腰巻を広げ、清助は土手と広小路のつなぎになる場所で汁粉を煮ていた。

これなら不審な者が現われれば、すぐ矢場の若い衆につなぎが取れ、一家が対応しやすくなる。

おもしろいことに、代貸がその場所を清助に割りふったとき、

「——いいかい。ここから一歩でも広小路のほうへ踏み込むんじゃねえぞ」

と、強い口調で言っていた。広小路は広小路で、また別の店頭《たながしら》の一家が仕切っているのだ。どちらか一方の店頭に見ケ〆料を払っている者が、もう一方に踏み込めばたちまち店頭同士の喧嘩になり、場合によってはそれが原因で血を見ることさえある。それほどに店頭同士の縄張というのは厳格で、奉行所の役人といえど、そこに口出しはできないのだ。

店頭の差配の威力は、増上寺の門前町で鬼助はじっくりと見ている。とくにそこは自社の門前町として寺社奉行の支配地で、町奉行所の役人は参詣以外、役務で一歩も踏み込むことはできなかった。だからそこでの店頭の役割には大きなものがあり、門前町の住人の生活にも密着していた。

だが、柳原土手も両国広小路も寺社地ではない。立地の関係からさまざまな商舗が集まり、人が出ているだけで、まったくの町奉行所の管掌地なのだ。ところが八郎兵衛のような道一筋だけの店頭でも、役人に〝入ってもらっちゃ困るぜ〟と、言ってい

る。どの定町廻り同心もそれを尊重している。治安や町の運営は店頭に任せておいたほうが便利であり、楽でもあるのだ。実際に事件が起きれば、店頭抜きでは解決の糸口さえつかめない。もちろん店頭の横暴という弊害もある。目に余る場合は六尺棒が入り、ひと悶着起きるところとなる。だが柳原土手に商舗を出している者から、苦情が出たことはない。八郎兵衛の人柄であろう。

「これはこれは、代貸さんに鬼助さん、市左さんも」

と、お鈴は風呂敷の横に立って迎えた。料亭の仲仕事《なかしごと》で客扱いは慣れている。ぎこちなかったきのうにくらべ、きょうはもう周囲の雰囲気に溶け込んでいるようだ。

清助の汁粉屋は火除地広場より、両国広小路とつながっているほうが商いに適しているようだ。家族連れが一組、楽しそうに汁粉をすすっていた。老舗料亭の包丁人が屋台の汁粉売りとは役不足だが、これも長い人生の一里塚で、いまを乗り切ればお鈴と新たな道を見いだすことになるだろう。

それを市左も感じ取っているのか、土手の往還を離れてから、

「へへ、だから見倒屋は人助け屋でもあるんでさあ」

「そのようだなあ」

鬼助は返していた。

このあと二人は小谷同心に八郎兵衛との談合の結果を知らせに行った。

ここのところ、新橋の和泉屋へ連日行っていることになる。このとき、千太も一緒だった。

縄張内に入ってくれるなとの八郎兵衛の言付《ことづ》けに小谷は、

「あの範囲のことだ。任せておいて大丈夫だろう」

と、やはり店頭の八郎兵衛に期待している口ぶりだった。八郎兵衛がそう言うのは、

――縄張内でまむし野郎に清助たちを襲わせるようなことはさせやせん

との、男の約束でもあるのだ。

これが並の同心なら、

『小生意気な！』

と、歯ぎしりの一つもして見せるところだが、小谷にはそれがない。現実を受け入れている。

夕刻近く、清助とお鈴は長屋に戻るまえ、鬼助たちの棲家に挨拶を入れた。きょうはなにごともなく、不審な目も感じなかったようだ。

だが、あしたも無事とは限らない。むしろ、早く事が起きて欲しいのだ。

二

翌日、朝から千太が来て鬼助たちの棲家に詰めた。動きがあったときの、小谷への使い番である。

きのう小谷は、和泉屋で言っていた。

「――そのまむし野郎、玄人《くろうと》なら数日で清助たちを見つけ出すはずだ。きょうかあすか、遅くともあさってごろにはそやつの面《つら》を拝めようぜ」

根拠はある。清助たちは百両を盗んでなどいない。着のみ着のままで逃げたのだ。遠くへ逃げる必要はない。駆落ち者が当面を過ごすには、

――江戸

誰もが思いつくところだ。番頭の壱次郎はそれをまむし野郎に告げているはずだ。そこへ八郎兵衛の〝一端《いっぱし》の悪党なら〟の推測を加えれば、心のどこかにあった、

(果たして来るだろうか)

との迷いは吹っ切れ、

「おい、千太。きょう一日か、長引いてもあしたには待ち人お出ましとならあ」

市左が確信的に言ったのへ、千太よりも鬼助が、

「そういうことだ」

と、まるで相手と時間を約束したかのようにつないだ。

「腕の、腕の立つ相手なんですかい」

「あはは。おめえが御用だといって飛び出すことはねえんだぜ」

緊張気味に言う千太に、市左は応えた。どの同心についている岡っ引も、役務はあくまで耳役《みみやく》であり、打込みにつき合うことはほとんどない。だが、こたびは異なる。岡っ引がまっさきに動くことになっているのだ。

「おめえに危ねえ橋は渡らせねえよ」

市左の言ったのへ、また鬼助がつないだ。

午前《ひるまえ》というのに、男が三人も一つ屋根の下でごろごろしているのは、気分的にけっこう疲れるものだ。その伝馬町の棲家に走り込む者は、まだいなかった。退屈そうに市左が大きく伸びをして、

「あぁーあ、これから陽がかたむくまで、土手の矢場で遊ばしてもらおうかい。そのほうが、イザというときにゃ動きやすいぜ」

「い、いえ。あっしの役目は、ここで……」

千太が緊張した声で返したときだった。

「おっ、来たぞ」

「おぉう、兄弟《きょうでぇ》っ。来てくんねえ！」

鬼助の声に玄関からの声が重なった。八郎兵衛配下の若い衆だ。

「よしっ」

「おうっ」

「あっしはここでっ」

鬼助は腰切半纏の背に木刀を差し、市左は三尺帯をきつく締めなおし、玄関に走るのを千太は居間で見送った。

「さあ、早く！」

三和土《たたき》に立ったまま若い衆は急かし、鬼助と市左は雪駄をつっかけるなりおもてに飛び出した。


殺しを請け負った男が、清助とお鈴の顔を知らないはずはない。男は番頭の壱次郎から、浜風の仲居のどの女で、その片割れはどんな面の包丁人と聞かされている。浜風に二、三度でも出入りしておれば、それで充分だ。男は番所の役人に連れられ、二度ほど浜風の座敷に上がり、役人の座敷とあって包丁人の挨拶も受けている。それも最近のことだ。

だが清助もお鈴も、誰が鬼助たちのいう〝まむし野郎〟か分からない。じろじろ自分を見つめる怪しいそぶりの者がいたなら、そのときの感触に頼るしかない。その勘に触れる視線を、お鈴も清助も感じたのだ。

小谷と八郎兵衛の予測は当たっていた。男は、清助とお鈴は江戸の市井《しせい》に紛れ込んでいると予測し、当面の糧《かて》が得られる場所、すなわち屋台商いや風呂敷商いのできる門前町などを丹念に歩き、そしてきょう柳原《こしら》土手に来たのだった。

そやつは脇差を腰に、遊び人風体を扮えていた。腕まくりをした手で着物の裾をちょいとつまみ、筋違《すじかい》御門の火除地広場をぶらりと一巡し、土手の往還に入った。人混みに紛れ、屋台や風呂敷商いの売人に清助かお鈴の顔がないかと、さりげなく睥睨《へいげい》しながら歩を進めた。

このとき男にとって、遊び人風体を扮えていたのはまずかった。火除地広場のときから、八郎兵衛一家の若い衆の目が張りついたのだ。この世界の者にとって最も敏感になるのが、役人に探りを入れられることと、同業の者に縄張内へ断りなく入って来られることである。

(他の一家の、縄張荒らしの物見《ものみ》かもしれない)

役人よりも、このほうが敏感な問題である。

火除地の段階から男には尾行がつき、知らせはすぐ八郎兵衛に入った。

「よし。気をつけて見張れ」

八郎兵衛は命じた。

男は尾行のついたのを知らず、土手の往還にゆっくりと歩を取り、両国広小路のほうに向かった。

(ここにもおらんようだなあ)

男が思いかけたのは、あとすこしで土手も終わるという矢場の近くだった。

(気晴らしに入ってみるか)

と、その暖簾をくぐろうとしたときだった。矢場のすぐ横で風呂敷商いをしている女が目に入った。お鈴ではないか。風呂敷には腰巻が幾枚か重ねられている。

お鈴はその視線を感じ、顔を上げると見覚えのある男だ。視線が合うのを避け、心ノ臓を高鳴らせた。

男は風呂敷の前を離れ、通り過ぎた。

言われていたとおりお鈴は、

「あいつです」

あとを尾けて来た若い衆に告げた。

若い衆はその場から伝馬町の鬼助たちの棲家に走った。

男への尾行は、他の者に代わった。

男は広小路の手前で、

「おっ」

汁粉売りにも気づいた。番頭の壱次郎から〝清助〟と聞いている浜風の包丁人である。するとさっきの女は〝お鈴〟に似ていたが、当人に間違いない。

尾行がついている。

男は広小路に出て茶店の縁台に腰かけてひと息入れ、ふたたび土手の往還に戻って人混みに紛れた。さりげなく汁粉の屋台の前を過ぎ、風呂敷商いの前も迂回するように矢場の暖簾をくぐった。この一連の所作を、駈けつけた代貸が見ていた。

このとき風呂敷の前に三人連れの女客がしゃがみ込んで腰巻を物色し、そこにお鈴が対応していたのが双方にとって好都合だった。男はお鈴に気づかれたようすはないと思い矢場の中に入り、お鈴は緊張するようすを男に見せずにすんだ。

鬼助と市左が矢場の近くに駈けつけたのはこのときである。

数軒離れた古道具屋の常店で代貸が待っていた。市左たちの荷をいつも買い取ってくれる、あの古道具屋である。

「こっちだ、兄弟」

呼びとめられ、二人は古道具屋の中に入った。亭主も快く迎えた。

そこから斜め前に、矢場の暖簾が見える。

代貸の説明に、

「ふむふむ」

鬼助はうなずき、市左とともに矢場の暖簾を凝視した。

男は客を装っている。というより、実際、客になった。

半弓を手に、的に向かった。真剣な表情だ。

外の鬼助は気が高揚している。それと覚《おぼ》しい男が、すぐそこにいるのだ。鬼助がそやつの面を知らなければ、そやつも鬼助を知らないはずだ。

「へへ。ちょいとのぞいて来るぜ」

鬼助は古道具屋を出た。

「あ、兄イ」

とめようとした市左の声を背に、

「おう。ちょいと遊ばしてくんねえ」

矢場の暖簾をくぐった。客が数人入っており、男が矢を構えたときだった。

（ふむ）

その表情に鬼助は、遊びではない男の気魄を感じた。

射た。

外れた。

（野郎、俺より昂《たか》ぶっていやがるな）

鬼助は看做《みな》した。獲物を見つけたときの昂ぶりようであろう。

「姐ちゃん。あとでまた来らあ」

さりげなく外に出た。

男は自分の外れを見て外に出る客を不機嫌そうに睨み、また半弓に矢をつがえた。

鬼助は古道具屋に戻り、

「市どん、野郎に間違えねえと思うが、確認、頼むぜ」

と、ふたたび代貸たちと暖簾に視線を据えた。

「当たーりーっ」

女の声と連打の太鼓の音が聞こえたのは、男が四本目の矢を射たときだった。中で

男は気を落ち着けたか、半弓を手にしたまま、

「ところで、姐ちゃん」

女に話しかけた。

「すぐそこでよ、大きな風呂敷を広げて腰巻ばっかり売っている女がいたが、ありゃあなにかい、自分のにおいのしみ込んだのを……」

女は笑いながら、

「だめですよう、お客さん。みょうなことを考えちゃ。土手《ここ》はまともな古物の商いだけなんですから」

「ほうそうかい。で、あの腰巻屋、長いのかい」

「ほんの二、三日前から」

「新参者ってことか」

「そうなりますねえ」

訊かれた矢場の女は、お鈴の事情までは知らない。正直に応えていた。

「近くに住んでいるのかい」

「知りませんよう、住まいまでは。あ、お客さん。やっぱりみょうなことを考えている。いやですよう」

「あははは。考えちゃいねえよ。腰巻ばかりの商い、珍しいもんだから、つい。さ、もう一丁射るか」

また当たりの連打が聞こえた。男は落ち着きを取り戻したようだ。

暖簾が動いた。

出て来た。

古道具屋から、市左は身を隠すように凝視した。

そやつは火除地広場のほうへ向かった。もちろん、尾行はついている。

古道具屋の中で、

「どうだ」

「間違いない、やつだ」

鬼助の問いに市左は応えた。ともに声を落としている。

「よし」

と、すぐさま代貸と矢場に入り、女からいましがたのようすを訊いた。女は突然のことに驚いた表情になったが代貸にうながされ、詳しく話した。女はお鈴の長屋を知らないのだから、当然、男はそれを聞き出すことはできなかった。

「また来るな。市どん、手配だ」

「おう」

鬼助が言い、市左はきわめて自然に矢場の暖簾を出て土手の往還を離れると、あとは走った。〝まむし野郎〟が、網にかかったのだ。

三

午《ひる》をいくらか過ぎている。

「おう、千太。お出ましだ。さあ、小谷の旦那へ！」

棲家の玄関に飛び込むなり市左は待っていた千太に声を投げ、雨戸を開けたまま飛び出す千太につづき、一緒にまた外へ走った。戸締りはしなくても、すぐに鬼助がここへ帰って来ることになっているのだ。

「へ、へい」

神田の大通りに出ると、千太は外濠の神田橋御門から城内に入り、数寄屋橋御門内の南町奉行所に向かい、市左は日本橋を経て東海道を品川宿に向かった。職人姿が街道を走っていても奇異ではないが、走りづめでは疲れる。速足に歩き、また駈け、沿道の茶店に、

「おう、ぬるいのを一杯くんねえ」

立ったまま喉を湿らせ、また走る。

きのう、小谷同心が立てた策である。

そこへ鬼助が、〝まむし野郎〟の矢場での昂ぶったようすから、

（きょうだ）

断定したのである。

柳原土手では、矢場に八郎兵衛も来て、

「野郎はいま火除地で蕎麦をすすっていやす」

と、その動きの報告を逐一受けていた。

鬼助は客足の絶えたときにさりげなく腰巻を重ねた風呂敷の前に立ち、

「きょうは早じまいをしねえ。合図は俺が出さあ」

さらりと言うとお鈴は緊張の面持ちでうなずいた。

さらに鬼助の足は汁粉屋の屋台に向かい、

「きょうは早じまいだぜ。おそらくな」

「へ、へい」

客をよそおい、一杯注文した鬼助に出す清助の手が、かすかに震えた。

ほんとうに早じまいになった。

まむし野郎は火除地広場でかなりの時間をつぶすと、ふたたびゆっくりと土手の往還に向かった。陽はかなり西の空にかたむいているが、通りの商舗がきょうの店仕舞いをするにはまだ早すぎる。

「——向こうさんによう、都合を合わせてやるのよ」

鬼助はお鈴にも清助にも言っていた。

まむし野郎が、矢場でお鈴たちの住まいを聞き出せなかったとなれば、方途は一つしかない。家路につくお鈴と清助を尾けることだ。

柳原土手では、日の入り前にどの売人も一斉に帰り支度を始める。陽が落ちてから路上や広場の屋台や茶店、芝居小屋などが火を扱うのはご法度《はっと》なのだ。もちろん町角に一軒や二軒ならお目こぼしもあるが、集団となれば守らざるを得ない。役人に難癖をつけられないためにも、そこを縄張内の者に徹底させるのも店頭の仕事である。

通りには真剣に買い物をしようという者、そぞろ歩きの者、さらに素見客《ひやかし》の男女がまだ行き交っている。

（まだ、ちと早いか）

男は思ったか、ゆっくりと左右の商舗を素見《ひやか》しながら歩を進めている。

矢場には、

「こちらへ向かっておりやす」

若い衆から報告が入る。

「鬼助どん、そろそろ」

「親分も、お手配を」

鬼助と八郎兵衛は交わし、そろって矢場を出た。代貸はすでに出かけている。

鬼助は矢場を出るとすぐ横のお鈴に、

「やっぱり来なすった。ゆっくり帰り支度を始めねえ」

さらに、すこし離れた清助にも、

「火を落としねえ。帰《けえ》りも落ち着いて、何事もないようにな」

声をかけ、そのまま伝馬町の棲家に戻った。思ったとおり、まむし野郎は早めに舞い戻って来たのだ。

人混みのなかに、遊び人姿のそやつはしだいに矢場へ近づき、視線を前方に向け、

（おっ、帰り支度？）

思ったか、一瞬足をとめ、斜め向かいの古道具屋に入った。素見客をよそおい、視

線は外に向いている。鬼助たちが見張っていたなじみの古道具屋だ。往来人のあいだに風呂敷を結んでいるのが見える。鬼助の言ったとおりお鈴と清助は、相手の動きに合わせているのだ。

小半刻(およそ三十分)ばかりを経た。

汁粉の屋台を担いだ清助と風呂敷包みを背負ったお鈴が、小伝馬町の牢屋敷の通りに歩を踏んでいる。五間(およそ九米《メートル》)ほど離れて遊び人風の男が尾いている。むろん、まむし野郎だ。人通りのない往還で、清助かお鈴がふり返れば、一目で尾けているのが分かるだろう。

「お鈴、ふり返るな」

「あい、清さん」

二人は前を向いたまま交わし、ふり返りたいのをこらえ、歩を進めている。

尾けるまむし野郎は、

(こっちに住んでいやがるのか。それにしても縁起でもねえところを通りやがる)

思いながら歩を二人に合わせていることだろう。

鬼助は伝馬町の棲家に戻っていた。玄関も縁側も雨戸は開け放されたままだ。八郎兵衛配下の若い衆が二人ついている。いずれも脇差を腰に帯び、これで鉢巻を締め、たすきをかけたならやくざの喧嘩支度だ。二人とも居間に潜んでいるので、外からは見えない。

鬼助が職人姿で縁側に出ている。まるで老人のように、以前市左が見倒してまだ売れ残っている木彫りの仏像を磨いている。

まだ陽は沈んでいない。柳原土手では、〝兄弟〟たちが一斉に帰り支度を始めたころであろう。

長い影を引き、清助とお鈴が縁側の前を通りかかった。二人ともうしろを気にし、緊張の面持ちで鬼助に視線を向けた。すべて策の打ち合わせどおりとはいえ、二人は命を狙われているのだ。ここまで走ったり逃げ出したりすることなく、平常に歩を踏んで来ただけでも、

(ほう。うまくやってくれたな)

鬼助は安堵の息をつき、

「おう、お二人さん。きょうはどうしたい。早《はえ》えじゃねえか」

「はい。汁粉の砂糖がなくなってしまいまして」

「そりゃあ商売繁盛でなによりだ。腰巻も売れやしたかい」

「え、ええ、まあ」

お鈴はぎこちない返事だったが、一見、住人同士の日常のやりとりだ。

二人は縁側の前を通り過ぎ、奥に入った。

ふたたび鬼助は、なにくわぬ顔で仏像の磨きにかかった。

五間ほどの間を置いて、まむし野郎が入って来た。さきほどのやりとりを見ていただろう。縁側の前に来た。鬼助はすでに部屋へ入っている。さっき矢場で顔を合わせている。障子のすき間から見ていると、男はゆっくりと奥へ通り過ぎた。

鬼助はそっと木刀を取り、障子を開けてその背を視線で追った。すべて策のとおりだが、気は昂ぶっている。男の気が逸《はや》りいきなり襲ったらどうなる。背後の若い衆二人と走って男を取り押さえても、清助かお鈴のどちらかが刺されているだろう。男はまむし野郎でかなりの手練《てだれ》だ。あるいは二人とも斬られるかもしれない。若い衆二人も脇差に手をかけ、固唾を呑んでいる。

時間にすればわずか数呼吸のあいだだが、ようやく鬼助はホッと胸を撫で下ろした。派手な物音のないまま、男は奥から出て来たのだ。衝動に駆られず、部屋の位置を確かめただけのようだ。

男は縁側に見向きもせず、もと来た往還に出た。

そのあとのまむし野郎については、敢えて尾行はつけなかった。気づかれれば策は御破算《ごはさん》になる。

（場所を確かめれば、あとでかならず来る）

　確信している。

「さあ、力を抜きなせえ」

「ふーっ」

　鬼助は若い衆たちに言うと、若い衆たちも安堵の息を洩らした。

　東海道を南へ急ぐ市左は、日の入りとほぼ同時に品川宿の町並みに入った。ちょうど表通りが宿場町から色街へと衣替えするころあいである。市左は息をととのえ、浜風に向かった。闕所になった港屋とは離れている。

　料亭は書き入れ時に入っている。そこに職人姿は似合わない。そっと暖簾に首だけ入れ、下足番の爺さんに裏手の勝手口へ番頭の壱次郎を呼び出してもらった。裏手にまわると、壱次郎はすぐに出て来た。下足番の爺さんに言った〝府内からの遣《つか》いで〟というのが効いたようだ。

　勝手口の板戸を開けるなり、壱次郎はそこに立っている市左に、

「あんたかね、征五郎《せいごろう》さんの遣いというのは」

言うと壱次郎はアッと低い声を上げ、口を押さえた。壱次郎が〝まむし野郎〟に清助とお鈴の殺害を依頼したのを知っているのは、当人たちだけのはずである。

市左はそこを聞き洩らさなかった。

(あのまむし野郎、征五郎ってのか)

とっさに思い、

「へい。その征五郎さんの遣いで」

と、用意していなかった言葉をまず口にし、

「実はあっしも手伝いやして、清助とお鈴という駆落ち者をさっき……へえ。ところが困ったことに、清助のほうが人違いだったかもしれねえ、と。それでいますぐ来て番頭さんに確かめてもらいてえ、と」

「ど、どういうことです。私にはなんのことやら。それに、あんたが征五郎さんの遣いだという証《あかし》は?」

予想したとおりの返答だった。

市左は用意した言葉を返した。

「兄イの言うには、清助とお鈴の名を言やあ信じてもらえるから、と。どうですか

い」

「ううう」

　あたりはまだ明るい。

　市左の言葉はつづいた。

「ことがことだけに、とぼけなさるのは分かりまさあ。したが、あっしは言われたんでさあ。今夜中に死体を海に流さなくちゃならねえ。いますぐ面通しに浜風の番頭さんを連れて来い、と」

「ううう」

　壱次郎は迷った。もし人違いだったならどうなる。一人が生き残っておれば、すべてが明るみに出る。いま、征五郎がなぜ人違いかもしれないなどと言っているのか、顔を一、二度しか見ていないからか、詳しく理由を考える余裕はない。

「さあ、壱次郎さん」

「ちょっと、ここで待っていてください」

　壱次郎は屋内に戻り、すぐ提灯を手に出て来た。女将か亭主に、親戚か知人が危篤《きとく》だとかなんとか言いこしらえたのだろう。

「さあ、案内してください。どちらまでですか」

顔が蒼ざめている。

「来れば分かりやす」

と、浜風の裏手から二人の姿は消えた。

四

しだいに暗くなるなかに、事態は動いている。

鬼助は確信している。

「きっと来る」

伝馬町の棲家にはいま、千太の案内で六尺棒の捕方《とりかた》も三人来ている。そこに清助とお鈴も来ている。神妙な顔つきだ。物置部屋がカラになっているから、屋内にそれだけの人数が入る余裕があった。

だがそこに、鬼助と若い衆たちの姿がない。清助たちの長屋に移っていたのだ。待伏せである。おもての棲家に陣取った捕方たちは、御用提灯を持って来ている。

「そろ、そろそろ、いつでも飛び出せるように、火を入れておいてくださいまし」

千太が遠慮気味に言った。もとより岡っ引が捕方の差配などできない。捕方たちは小谷同心から、機に応じて動くようにと言われている。御用提灯に火を入れておくのも、その一環である。部屋の中が明るくなった。もちろん、玄関も縁側も雨戸は閉めている。

奥の長屋の部屋では、

「ほんとうに来やしょうかねえ、その、まむし野郎は」

「来るさ、かならず」

若い衆の一人が言ったのへ、鬼助は返した。部屋の中はもう真っ暗になっている。

「鬼助の兄イ、相手はほんとうに一人なんですかい」

「あゝ、一人だ。だがな、殺すんじゃねえぜ。絶対、生け捕りに」

「だから捕方が来ているんですかい」

「そういうことだ。殺すよりも難しいからなあ。しかも暗い中となりゃあ」

低声で話している。

話の途切れたなかに、鬼助は襲う側の身になってみた。暗い中に二人を殺すのだから灯りが必要だ。しかも、逃がさないように最初の一撃には相手の不意を突く必要がある。そこですかさずもう一人を……。提灯を持ち、怪しまれない時刻に……。

（ならばそろそろか）

思ったときだった。時刻にすれば五ツ（およそ午後八時）時分か。

路地に面した腰高障子に灯りが射した。

来た。

千太と捕方たちも、縁側の雨戸の外を提灯の灯りが通ったのに気づいていよう。だが、まむし野郎か長屋の住人かまでは、雨戸のすき間からは見分けがつかない。さきほども提灯の灯りが雨戸の外を通り、屋内は固唾を呑んだが、路地の奥から聞こえてきたのは住人の声だった。いまも、捕方たちは縁側に出て、つぎにどのような音が聞こえるか、雨戸の内側で息を殺している。

提灯は、鬼助たちの待ち受ける部屋の腰高障子を照らした。

外から、軽く腰高障子をたたく音とともに、

「えー、清助さんにお鈴さんへ。品川の壱次郎の遣いの者でございます」

市左と似たような口実を口にしたが、まむし野郎は清助たちがすでに濡れ衣を着せられたことに気づいていることを知らない。逃がしてくれた壱次郎に、まだ感謝しているものと思い込んでいる。しかも、あとを尾けなければ分からなかった住まいを、なぜ壱次郎の遣いをよそおって訪ねることができるのか……。そこまでは頭がまわらなかったようだ。

鬼助は清助をよそおい、

「あ、壱次郎さんの。なんでございましょう。いま開けますから」

返し、そっと三和土に降りたのは、二人の若い衆も同時だった。一人は心張棒を、もう一人はすりこぎを手に、鬼助は木刀を握っている。あくまで、大騒ぎになって長屋の住人を驚かせることなく、三人はすみやかに生け捕る策で息を合わせている。


一方、東海道では提灯に火を入れた番頭の壱次郎が、

「ほんとうに征五郎さんが呼んでいなさるので？　どこでなんですか」

急ぎ足の市左に歩を合わせ、怯えたような口調で問いを入れた。もう二度目か三度目で、市左の応えは決まっていた。

「へえ、もうすぐでやす。海辺でございやして」

と、なおも歩む。

二人の足はすでに海岸沿いの街道を過ぎ田町の町並みも抜け、金杉橋《かなすぎばし》に近づいている。沿道に飲食の店や屋台の提灯がときおり見えるだけで、人通りはほとんどない。

伝馬町では鬼助たちがそれぞれの得物を手に三和土へそっと下りたころか、変わらぬ速足で暗い街道に歩を踏む市左が、

「ほれ、聞こえてきやしたぜ、水音が。金杉橋でさあ」

「あの、あの近くなんですね」

「へえ。あそこを右手に曲がりゃあ江戸湾の海辺で」

「そこで、渡り中間《ちゅうげん》の征五郎さんが？」

緊張を乗せた口調で壱次郎は返した。ここでも壱次郎は口をすべらせ、征五郎とやらの素性について〝渡り中間〟と言った。

渡り中間とは、おなじ武家の奉公人でも鬼助のような忠義の者とは異なり、年季奉公であちこちの武家を渡り歩いている、いわば浮き草である。そのたびに町の口入屋《くちいれや》の世話になり、場合によっては臨時の員数合わせのために数日切りで雇われることもある。当然そこに忠義の念などなく、日ごろは強請《ゆすり》たかりに明け暮れ、逃げなければならなくなって武家の中間部屋にもぐり込む者もいる。

「――中間のなかにも、そうしたやつらがおり、どうにも始末に負えぬ連中だ」

と、市左は以前、鬼助から聞いたことがある。

（なるほど、征五郎たあその手のやつだったのか。それにしても港屋の宇兵衛を殺《や》ったときの太刀さばき、大したものだったが）

素早く思いをめぐらし、

「さようで。海へ流すめえに、是非番頭さんにご確認をと、その中間さんが」

「さ、さようですか。金杉川《かなすぎがわ》の河口で？」

新堀川《にいぼりがわ》である。この川は東海道のあたりでは金杉川と呼ばれ、すこし上流に行くと赤羽川《あかばねがわ》と名を変え、さらに上流では渋谷川《しぶやがわ》と呼ばれている。

「へえ。おっと」

石につまずき、

「すぐそこですぜ」

水音が大きく聞こえてきた。

「お気をつけて。もうそのあたりが橋のはずですが」

壱次郎が提灯を足元から前面にかざすと、橋の欄干が目の前に浮かび上がった。

「どこから海辺に出ますので」

一段と高まった水音に壱次郎は声を重ね、

「そこでさあ。手前の枝道に入って、まっすぐ行きゃあ海に出まさあ」

「その道ですね」

市左が言い、壱次郎が提灯を前面に突き出し、曲がろうとしたときだった。その枝道からいきなり人の影が飛び出すなり、提灯を持った壱次郎にぶつかった。

「わあっ」

最初の声は壱次郎である。

つぎに、

「おぉぉぉっ」

影が声を上げ、地面につまずくように倒れ込んだ。壱次郎は二、三歩あとずさりしただけで、提灯はしっかりと手に持っている。

「痛《いて》ててっ」

影の男は地面に尻餅をついたまま、腰をさすっている。

「だ、大丈夫ですか。それになんですか、いきなり飛び出てきたりして」

「なにぃ。こんな時分にぼーっと歩いていやがって」

壱次郎が言ったのへ男は言うなり腰を上げ、提灯を持った腕をつかみ、

「うわーっ」

声は壱次郎だ。男に強く引っぱられ前のめりになったところに足をかけられた。まったくの言いがかりであり、しかも理不尽な暴力である。

番頭の壱次郎は提灯を放り出し、膝と両手を同時に地につけ、影の男と体が入れ替わるかたちになった。

地に放り出された提灯が燃えはじめ、あたりが明るくなった。

「あぁ、遣いの……」

壱次郎は市左を呼んだ。もとより市左は偽名をつかい、本名を名乗ってはいない。

市左は応える代わりに、

「おっ、いけねえっ。役人だ！　逃げなせいっ」

「役人⁉　ほんとだ」

応じたのは影の男だった。言うなり橋板を踏む音が聞こえた。

「俺もっ」

「ちょ、ちょっと待って……」

逃げた影を追うように市左も闇のなかに走り、地面に座り込んだまま壱次郎はとっさに起き上がることもできず、まだ提灯の張り紙が燃えているなかに手だけを前に突き出した。

ほんとうに役人だった。

「こやつ、怪しいぞ」

と、二張《ふたはり》の御用提灯に、壱次郎は尻餅をついたまま照らされた。

「番屋に引っ立てい」

役人が言うと、御用提灯のうしろから出て来た他の捕方二人が六尺棒で、

「神妙にせいっ」

壱次郎の両肩を押さえ込んだ。

放り出した提灯は燃え尽き、代わって御用提灯が壱次郎を照らした。神妙にするもしないもない。すでに押さえ込まれているのだ。そのままのかたちで、

「おまえ、何者か。なにゆえかような時刻にこの界隈に出ておる」

「ううううっ」

応えられるはずがない。しかも六尺棒で地面に押さえつけられ、御用提灯に照らされているのだ。

「さあ、申せ。どこから来てどこへ行くところだ」

役人の声に、壱次郎は捕えられたのは自分だけで、飛び出した影も征五郎の遣いの者も逃げ去ったのを感じ取り、うめき声をつづけた。

「いよいよ怪しいやつ、番屋へ引っ立てい」

「はっ」

壱次郎は六尺棒の捕方二人に両脇から引き起こされた。

物陰から見ている二つの影があった。市左と、もう一人はさっき枝道から飛び出し壱次郎にぶつかった男である。

「うまくいったようだな」

「いや。もうすこし手応えがあると思ったが、あれじゃ喧嘩にもならねえ」

「なあに。小谷の旦那が、どうにでもこじつけてくれらあ」

男の言ったのへ、市左は返した。引かれて行く壱次郎は、

（出て来た目的がばれたなら）

すでに生きた心地ではないだろう。

四人の捕方を差配しているのは小谷健一郎である。ならばいま市左と話しているのは、八郎兵衛の代貸だった。名は甚八《じんぱち》といった。

きのう午前、柳橋に近い一家の住処で鬼助と市左、八郎兵衛とこの甚八が箱火鉢をはさんで談合したときだった。

「――そうなんですかい。他人をそそのかして濡れ衣を着せるたあ許せねえ。役人のお先棒を担ぐのは気に入らねえが、その役、俺が。いいですかい、親分」

「――よかろう。うまくやれ」

甚八が言ったのへ、八郎兵衛はうなずきを返したのだった。それで柳原土手で市左

が男を見てまむし野郎と確定したとき、その場から小谷同心との打ち合わせに走ったのである。あとは市左が品川から壱次郎をおびき出して来るのを、捕方四人を従えた小谷同心と待ち構えていたのだ。

策はすべて小谷健一郎が立てたのだが、動きは矢場でのまむし野郎のようすから、決行はきょうとみた鬼助の判断に基づくものであった。

暗い街道で捕方が小谷の差配で壱次郎に縄をかけ、引き立てるのを確認すると、

「さあ、あっしらの役目は終わりやした。あとは小谷の旦那に任せ、引き揚げやしょう。鬼助の兄イたちも、うまくやっていてくれればいいんだが」

と、もの足りなさにまだ不満げな甚八をうながした。

小谷同心が、危険なまむし野郎よりも、刃物を持たない壱次郎のほうにまわったのは、奉行所での吟味に〝町人同士の喧嘩の現場を押えた〟ことを、慥《しか》と御留書《おとどめがき》に記《しる》すためだった。

品川の住人であっても、押えた原因も現場も府内であれば、道中奉行の出る幕はない。こうした町奉行所での取調べの過程で、品川の一件も出てくることだろう。小谷健一郎の策の主眼はそこにあった。それにまむし野郎が刃物を振りまわしても、鬼助がおれば安心である。

まむし野郎の訪《おとな》いに、得物の木刀を握った鬼助と心張棒とすりこぎを手にした若い衆二人が、そっと三和土に下りたのは、まさに東海道で甚八が壱次郎に体当たりしようと、脇道から飛び出したときだった。

心張棒とすりこぎは、鬼助が長屋に訪《おとな》いを入れたとき、刺客と間違えて清助とお鈴が手にした得物である。

「いま開けますので」

鬼助は木刀を構え、足で腰高障子を開けた。というより、すき間をつくった。

同時だった。まむし男がそのすき間に足を入れるなり蹴るように押し開け、左手で提灯を鬼助の顔面に押し出し、右手で抜き身の脇差を突き出した。

清助ならそこで腹を刺しぬかれていただろう。だが、迎えたのは鬼助である。飛び下がりざま、

「だあーっ」

打ち下ろした木刀が脇差を三和土に打ち落とした。

「わっ」

まむし野郎の驚きの声と同時だった。

「野郎っ」

両脇から心張棒とすりこぎが襲いかかった。

もういけない。まむし野郎は提灯を手から離しその場へ崩れ込み、敷居の外に尻餅をついた。それでもやはり喧嘩慣れしているのか、逃げ延びようと身をねじり、腰を上げた。

そこへまた心張棒とすりこぎが襲う。鬼助は三和土に落ちた提灯を素早く拾い上げた。屋内で提灯が燃え、障子紙に火が移ればたちまち火事となる。

物音は鬼助たちの棲家にまで聞こえた。

「始まった！」

千太が雨戸を引き開け、すでに草鞋《わらじ》をきつく結んでいた捕方三人が御用提灯を突き出し六尺棒を小脇に縁側から跳び下り、無言で奥に走った。千太も無言でそのあとにつづいた。騒ぎにならないようにと、鬼助と話し合っていたのだ。縁側から心配げに清助とお鈴が半身を乗り出した。

打たれながらなおも逃げようと顔を上げたまむし男の目に、走り寄って来る御用提灯が見えた。

観念するまむし野郎の脳裡は混乱していたことだろう。最初に提灯の灯りに浮かん

だ顔に、

（――あっ）

清助ではない。昼間、柳原土手の矢場で見かけた顔ではないか。つぎの瞬間には脇差を打ち落とされ、さらに左右から棒のようなものが襲って来た。

（――こ、これは⁉）

混乱しながらも逃げようとし、目に入ったのが御用提灯である。

縄をかけられたときには、物音に出て来た長屋の住人が幾人かいた。御用提灯が出ているから捕物には違いない。事態の呑み込めないまま、一人の男が縄をかけられ、引かれて行く。

「なんでもねえんで。どうやらお鈴さんに横恋慕《よこれんぼ》した吝《けち》な野郎が押しかけて来たらしいんだ」

鬼助は出て来た住人らに言った。それらは、なぜそこに鬼助と土手の若い衆が居合わせ、都合よく御用提灯が入ったかまで深く考えず、

「お鈴さん、けっこういい容貌《きりょう》だからなあ」

「なに言ってんだい、おまえさん」

と、みょうに納得し、長屋の路地を出る御用提灯を見送った。

縁側の前を通った。清助とお鈴は身を雨戸の陰に隠し、そっと見た。髷も着物も乱れ、まだ脳裡は混乱しているのだろう。そこに標的であったはずの清助とお鈴のいることに気づかないまま、

「さあ、捕方のお人ら、ご苦労さんでございます。小谷の旦那に言われているとおり、町の自身番ではなく直接茅場町の大番屋へ」

千太の声とともに通り過ぎた。

難は去ったものの、清助とお鈴は殺し屋がほんとうに来たことに、なお顔をひきつらせていた。

五

鬼助と市左は寝るのが遅かったが、

「さあて、どこまで累《るい》が及ぶか、楽しみだ」

「道中奉行といやあ勘定奉行だ。お城の中は蜂の巣をつついたようになるはずだぜ」

と、寝覚めの気分はよかった。

昨夜、市左が帰って来たのは、清助とお鈴が長屋に戻り、出て来た住人たちの部屋

からも灯りが消え、土手の若い衆二人も柳橋近くの住処に引き揚げ、しばらくしてからだった。

　縁側の雨戸を開けたとき、

「あれれ、いま起きたの」

　と、行商に出ようとしていたお島が、行李を背負ったまま寄ってきた。屋台を担いだ清助と風呂敷包みのお鈴も一緒だった。二人は路地に立ったまま、ふかぶかと頭を下げた。それを背にお島は愉快そうに言う。

「けさ起きてから井戸端で聞いたんだけど、きのう奥で捕物があったんだってねえ。ちっとも気づかなかったよ。みんな言ってた。ここは出入り口みたいなもんだから、鬼助さんも市左さんも気がついて、すぐ駈けつけてくれてよかったって。それに見まわりの捕方がうまく近くにいたもんだねえ。これも清助さんとお鈴さんの、日ごろのおこないがいいからだろうって」

　けさの井戸端談義のようすを話している。長屋の住人らは駆落ち者の二人に好意的で、昨夜の若い衆たちを市左と混同しているようだ。

「へへん、まあな」

　と、縁側から市左はそれに合わせた。

清助とお鈴は長屋の衆に対してか、申し訳なさそうな、身の置き場に困ったような所作をしている。話を大きくしないためにも、昨夜の男が二人を殺しに来たとは明かさず、これまた横恋慕の恋狂い男と、鬼助たちの話に合わせている。

「お鈴さん。物がなくなったら、また預け売りの品を仕入れておかあ」

「そのためにも、お島さん。いい話を仕入れといてくんねえ」

「いいともさ。それにしてもきのうの捕物、せめて嫉妬《しっと》男の顔を見たかったねえ」

と、残念そうに商いに出て行った。清助もお鈴もつづいて柳原土手に向かった。

あとは小谷からのつなぎである。大番屋での取調べに一段落つけば、なんらかの知らせがあり、千太が駈け込んで来るはずだ。


この時刻、小谷同心はまだ茅場町の大番屋にいた。

昨夜、茅場町の大番屋に小谷同心の差配する一行が着いたのは、千太も一緒に伝馬町から征五郎を引いて来た一行とほとんど同時だった。

大番屋には牢屋もあれば牢問《ろうとい》の道具もそろっている。

壱次郎は征五郎まで引かれて来たのを見て驚愕すると同時に、すべての希望を失った。征五郎も同様だった。幾つもの掛け燭台の燃えるなかに、鞭《むち》や竹刀《しない》、石板に水攻めの道具がならんだ前で二人はすれ違った。もちろん、小谷がそう仕組んだのだ。

取調べは徹夜に及び、夜明けごろには二人とも吐いた。壱次郎は〝喧嘩〟は口実に過ぎなかったことを知り、征五郎は捕物がすでに仕組まれていたことに気づき、もはや言い逃れは無理と覚ったようだ。

やはり征五郎と壱次郎は品川宿の賭場で知り合い、征五郎は五十両で清助とお鈴の殺害を請け負ったという。壱次郎が盗んだのは百両で、そのうちの半分を殺害費用にあてるとは、なかなか思い切ったものである。

だが、殺しは画策しても実際には阻《はば》まれた。壱次郎の百両は斬首にあたいするが、征五郎は殺しておらず、遠島くらいですみそうだ。

だが、取調べは別件にも及んだ。港屋で亭主の宇兵衛を殺している。

「あのとき港屋でおまえを見た者を、明るくなってからここへ連れて来ようか」

小谷が言うに及び、征五郎はいよいよこの取調べが清助・お鈴殺害算段だけのものでなく、もう死罪は免れないと知ると、

（みんな巻き添えにしてやる）

開き直ったか、港屋宇兵衛の殺しが、

「へえ、番所のお役人衆から頼まれやして」

と、白状に及び、さらに由蔵・お妙を嵌《は》めたのはほんの一例に過ぎず、知り得る限りの港屋の悪行の数々を吐露した。

竹刀を手に、小谷は幾度もうなずきを入れた。

果たして道中奉行配下の品川番所の役人たちは、港屋から多額の賄賂《まいない》を受け取り、その悪行の数々をお目こぼしにしていたのだった。せがれの宇之助が町方に押さえられ、府内の大番屋に送られたことから、港屋との関わりが露見するのを恐れた品川番所の役人たちが、こともあろうにあるじ宇兵衛の口封じを征五郎に依頼したというのが、一連のながれだった。

「ならばおめえ、どんな経緯《いきさつ》があって、番所の役人から殺しを依頼されるようになったのだ」

小谷の気になるところだ。征五郎をさんざんに打った竹刀を手に訊いた。

「ふふふ。あいつらとの関わりを訊いているのですかい」

と、征五郎は口元をゆがめた。すでに周囲を巻き添えにと決めている。

「俺はなあ、もとを質《ただ》せば、久保家の足軽だったのさ」

「なに、久保家!? まさか、久保出雲守《いずものかみ》？」

「そうさ」

驚きである。久保出雲守といえば、道中奉行を兼任している勘定奉行ではないか。それに、主家に代々仕える家臣ではなく、年季奉公とはいえ足軽は帯刀を許された武士である。どの大名家でも旗本家でも、足軽は二本差に膝までの腰切の着物で足には脚絆《きやはん》を巻き、木綿の長羽織といった出《い》で立ちで、一見して下級武士と分かる。木刀しか差せない中間より身分は高いのだ。

「へん。年五両の給金で忠義を尽くせだと。馬鹿らしくてやっておられるかい」

吐き捨てるように征五郎は言う。なるほど、そう言いそうなひねくれた顔つきだ。あるとき、なにが我慢できなかったか上席の者と喧嘩になって叩きのめし、お家を飛び出し、あとは渡り中間であちこちの屋敷を渡り歩き、武家には町方の手が入らないのをいいことに中間部屋で賭場を開帳するなど、その世界ではちょっとは知られた存在になっていたらしい。そういえば小谷も武家屋敷の中間部屋での開帳はよく耳にするが、門前町とおなじで手は出せないのだ。征五郎はそうしたなかの一人だったのだろう。

征五郎は話をつづけた。

「そうこうしているうちに、久保出雲守が勘定奉行に出世し、道中奉行を兼任したじゃねえか。そこで品川宿の番所から、遊びに来いと声がかかったのよ」

ほとんどの宿場町の番所はその土地の領主が人数を出しているが、久保出雲守は品川、千住、板橋といった府内に近い宿場には、みずからの家臣を配置した。それら番所役人として配置された家臣たちは、当然、征五郎を知っている。

「へん。品川の番所が俺を呼んだんだぜ。好きなように賭場を開帳させてやるってよ。その代わり場所代を出せってよ。あはは、土地のやくざとおなじだぜ。それも役人の身分となりゃあ、土地のどの顔役より強《つえ》えや。俺は乗ったさ。やつらにずいぶん貢《みつ》いでやったぜ」

浜風の番頭とは、そうした場で知り合ったらしい。

そこへ降って湧いたのが、

「港屋の宇兵衛を殺れば十両出すっていうのよ。港屋がどんな旅籠かは蛇《じゃ》の道は蛇《へび》でよく知ってらあ。あいつらが宇兵衛を消したがる理由《わけ》もなあ。だが、殺しに十両たあ吝《けち》な話じゃねえか。しかし俺は乗ったわさ。どうしてだって？　そりゃあ一回それをやりゃあ、あとあと俺があの役人どもを逆に強請《ゆす》ることができるじゃねえか」

と、日の出のころにはすべてを話し、あとはぐうぐう寝てしまった。

小谷も書役の記した内容に目をとおしてから、しばし仮眠を取った。

千太が伝馬町の棲家に駈け込んだのは、その日の太陽がかなり西の空にかたむいてからだった。小谷が午過ぎに南町奉行所に戻って御留書をまとめ、一段落のついたのがこの時分だったのだ。いつもの新橋の和泉屋である。

駈けつけた。

小谷はさきに来てごろりと横になっていた。鬼助と市左が部屋に入ると、

「また寝てしまったわい」

と上体を起こして伸びをし、御留書に記した内容を話した。鬼助は、ここではじめてまむし野郎の来し方と、

「そうですかい。野郎、征五郎ってんですかい」

と、その名を知った。清助とお鈴も、きょう中にそれを知ることになるだろう。

小谷の話に、鬼助と市左は誇らしい気分になった。

「で、旦那。品川の役人どもは切腹ですかい。あははは、ざまあ見ろってんだ」

「いや、分からん。それこそ支配違いで、出雲守さまがお決めになることだ」

市左が煎餅をかじりながら膝を乗り出したのへ、小谷はしごく当然のように言い、

「それよりもだ、鬼助」

と、鬼助に真剣なまなざしを向けた。

「赤穂のお人らが江戸に入っておるとか、そういうことは聞いておらんか」

鬼助は緊張した。

「いやいや、吉良さまがお屋敷替えになり、そのことで市中がなにかと騒がしくなったようだからなあ」

「はあ、さようですかい。あっしが堀部家の中間だったのは、もう昔のことになりますさあ」

返したのへ、小谷はさらに鬼助に視線を据え、

「おめえ、知っていて知らねえふりしているのなら、渡り中間の征五郎とは真反対の忠義者よ。そこは分からんでもねえ。だがよ、おめえ、南町《うち》のお奉行、松前伊豆守さまのことを誤解しているぜ」

「どんな風に」

鬼助は問い返した。

「お奉行が俺たちに、元浅野家臣の動きを探れって下知されているのは事実だ。だがなあ、これは町の平穏を護るためだけじゃねえぜ」

「だったらなんのために」

鬼助は小谷を凝視した。

「伊豆守さまはなあ、元浅野家臣のお人らが、主君の無念を晴らしてこそ忠義の士といえるんじゃねえかって言ってなさる」

「えっ」

「その思いから、出雲守さまは元ご家中の動向を知りたがっていなさるのさ」

「ううっ」

鬼助は唸った。瞬時、話してもよいという念が胸にこみ上げた。だが大きく息を吸い、

（やはり、言えねえ）

そのほうが勝《まさ》った。

そこを小谷は感じ取ったか、

「ま、なにかあって、その気になったら知らせてくれ」

言うとそのまま、またごろりと横になり、

「おめえら、千太もだ。もう帰《けえ》っていいぜ。おーい、おやじ。となりの部屋、もう人を入れてもいいぞ」

言うと目を閉じた。相当疲れているようだ。

帰り、

「兄イ、俺も知りてえぜ」

「まあ、おめえならいいかもしれねえなあ」

「えっ、ほんとだぜ」

「あゝ。そのうちな」

話しながら伝馬町の棲家に歩を踏んだ。


つぎに小谷から和泉屋に呼び出されたのは、元禄十四年葉月が長月《ながつき》（九月）に入ってからだった。征五郎と壱次郎のお白洲があったという。二人とも斬首、獄門で、執行は近日中だという。その日、鈴ケ森の仕置場には人が群れることだろう。海鮮割烹浜風への糾問は支配違いだが、

「おそらく、お構いなしになるだろう」

と、小谷はあいまいな言い方をした。

その根拠はあった。久保出雲守が家臣監督不行届《ふゆきとど》きを老中から糾弾され、勘定奉行を辞して旗本寄合席《よりあいせき》に入ったというのだ。閑職というより無役である。久保家では品川宿に遣わしていた家臣数名を放逐したらしい。

それが宿場町に対する町奉行所の限界であり、さらに鬼助たちのでき得る範囲であ

ったのだ。

伝馬町の棲家に帰る足取りは、軽いものではなかった。

磯幸の前を素通りした。

伝馬町に帰ると、二人は疲れがドッと出たか、ごろりと仰向けになった。

「なんでえ、あいつら切腹じゃなかったのかい。まったく……」

市左はまた言った。

鬼助は返した。

「そこまでは望めねえだろが。ま、すべてはお島さんが須田町の由蔵とお妙の見倒しじゃねえ、人助けの話を持って来てくれたところから始まったんだぜ」

「そういやあ、そうなりやすねえ」

話しているところへ、ちょうどお島が帰って来た。

「おう、お島さん。待ちねえ」

居間から大きな声で市左が呼びとめ、

「またいい話、ねえかい」

「そうそう、それ。あるかもしれないんだよ、夜逃げが」

「おっ」

と、鬼助と市左はそろって縁側に出た。これでまたお鈴に預け売りの物をまわすことができそうだ。

そのころ本所三ツ目の道場では、新たに元浅野家臣を迎えることになり、

「また鬼助たちを呼びますか」

「米沢町に頼んで、誰かを伝馬町に走らせてもらいましょう」

横川勘平と毛利小平太が話しているのへ、

「いや。そのうち鬼助には、もっと大事なことを頼むようになるかもしれぬ」

木刀の素振りをしながら、堀部安兵衛は言った。

時代小説
二見時代小説文庫

濡《ぬ》れ衣《ぎぬ》晴《は》らし　見《み》倒《たおし》屋《や》鬼《き》助《すけ》事《じ》件《けん》控《ひかえ》3

著者　喜安幸夫《きやすゆきお》

発行所　株式会社　二見書房
東京都千代田区三崎町二－一八－一一
電話　〇三－三五一五－二三一一［営業］
〇三－三五一五－二三一三［編集］
振替　〇〇一七〇－四－二六三九

印刷　株式会社　堀内印刷所
製本　ナショナル製本協同組合

 ISBN978－4－576－15039－0
http://www.futami.co.jp/

朱鞘《あかさや》の大刀 見倒屋《みたおしや》鬼助《きすけ》 事件控1

喜安幸夫［著］

浅野内匠頭の事件で職を失った喜助は、夜逃げの家へ駆けつけて家財を二束三文で買い叩く「見倒屋」の仕事を手伝うことになる。喜助あらため鬼助の痛快シリーズ第1弾

隠れ岡っ引 見倒屋鬼助 事件控2

喜安幸夫［著］

鬼助は浅野家家臣・堀部安兵衛から剣術の手ほどきを受けた遣《つか》い手の中間《ちゅうげん》でもあった。「隠れ岡っ引」となった鬼助は、生かしておけぬ連中の成敗に力を貸すことに…。

はぐれ同心 闇裁き 龍之助江戸草紙

喜安 幸夫［著］

時の老中のおとし胤が北町奉行所の同心になった。女壺振りと島帰りを手下に型破りな手法と豪剣で悪を裁く！ ワルも一目置く人情同心が巨悪に挑む！ シリーズ第1弾

隠れ刃 はぐれ同心 闇裁き2

喜安 幸夫［著］

町人には許されぬ仇討ちに、人情同心の龍之助が助っ人。敵の武士は松平定信の家臣、尋常の勝負はできない。〝闇の仇討ち〟の秘策とは？ 大好評シリーズ第2弾！

因果の棺桶 はぐれ同心 闇裁き3

喜安 幸夫［著］

死期の近い老母が打った一世一代の大芝居が、思わぬ魔手を引き寄せた…。天下の松平を向こうにまわし、龍之助の剣と知略が冴える！ 好評シリーズ第3弾！

老中の迷走 はぐれ同心 闇裁き4

喜安 幸夫［著］

百姓代の命がけの直訴を闇に葬ろうとする松平定信の黒い罠！ 龍之助が策した手助けの成否は？ これぞ町方の心意気！ 天下の老中を相手に弱きを助けて大活躍！

斬り込み はぐれ同心 闇裁き5

喜安 幸夫［著］

時の老中の家臣が水茶屋の妓に入れ揚げ、散財しているという。極秘に妓を〝始末〟するべく、老中一派は龍之助に探索を依頼する。武士の情けから龍之助がとった手段とは？

二見時代小説文庫

槍突き無宿　はぐれ同心 闇裁き6
喜安 幸夫［著］

江戸の町では、槍突きと辻斬り事件が頻発していた。奇妙なことに物盗りの仕業ではない。町衆の合力を得て、謎を追う同心・龍之助がたどり着いた哀しい真実！

口封じ　はぐれ同心 闇裁き7
喜安 幸夫［著］

大名や旗本までを巻き込む巨大な抜荷事件の探索を続ける同心・鬼頭龍之助は、自らの〝正体〟に迫り来たる影の存在に気づくが…。東海道に血の雨が降る！ 第7弾！

強請《ゆすり》の代償　はぐれ同心 闇裁き8
喜安 幸夫［著］

悪徳牢屋同心による卑劣きわまる強請事件。被害者かと思われた商家の妾には、哀しくもしたたかな女の計算が。悪いのは女、それとも男？ 同心鬼頭龍之助の裁きは!?

追われ者　はぐれ同心 闇裁き9
喜安 幸夫［著］

夜鷹が一刀で斬殺され、次は若い酌婦が犠牲に。犯人の真の標的とは？ 龍之助はその手口から、七年前に起きたある事件に解決の糸口を見出すが…。シリーズ第9弾

さむらい博徒　はぐれ同心 闇裁き10
喜安 幸夫［著］

老中・松平定信の下知で奉行所が禁制の賭博取締りをかけるが、逃げられてばかり。松平家に内通者が？ 成りしも上がった土左衛門は、松平家の横目付だった！

許せぬ所業　はぐれ同心 闇裁き11
喜安 幸夫［著］

松平定信の改革で枕絵や好色本禁止のお触れが出た。お触れの時期を前もって誰ら漏らしたやつがいる！ 龍之助は張本人を探るうちに迫りくる宿敵の影を知る！

最後の戦い　はぐれ同心 闇裁き12
喜安 幸夫［著］

松平定信による相次ぐ厳しいご法度に、江戸は一揆寸前！ 北町奉行所同心・鬼頭龍之助は宿敵・定信に引導を渡すべく、最後の戦いに踏み込む！ シリーズ、完結！

二見時代小説文庫

神田川斬殺始末 栄次郎江戸暦7

小杉健治［著］

偶然現場に居合わせたことから、連続辻斬り犯を追う栄次郎。それが御徒目付の兄・栄之進を窮地に立たせることになり…。兄弟愛が事件の真相解明を阻むのか!?

明《あけ》烏《がらす》の女 栄次郎江戸暦8

小杉健治［著］

栄次郎は深川の遊女から妹分の行方を調べてほしいと頼まれる。次々と失踪事件が浮上し、しかも己の名で女達が誘き出されたことを知る。何者が仕組んだ罠なのか？

火《か》盗《とう》改《あらた》めの辻 栄次郎江戸暦9

小杉健治［著］

栄次郎は師匠に頼まれ、顔を出さないという兄弟子東次郎宅を訪ねるが、まったく相手にされず疑惑に苛まれる。実は東次郎は父の作事奉行を囲繞する巨悪に苦闘していた！

大《おお》川《かわ》端《ばた》密会宿 栄次郎江戸暦10

小杉健治［著］

〝恨みは必ず晴らす〟という投げ文が、南町奉行所筆頭与力に送りつけられた矢先、事件は起きた。しかもそれは栄次郎の眼前で起きたのだ。事件の背景は何なのか？

秘剣 音無し 栄次郎江戸暦11

小杉健治［著］

湯島天神で無頼漢に絡まれていた二人の美女を救った栄次郎。それが事件の始まりだった！ 一切の気配を断ち迫る秘剣〝音無し〟とは？ 矢内栄次郎、最大の危機!!

永《えい》代《たい》橋《ばし》哀歌 栄次郎江戸暦12

小杉健治［著］

日本中を震撼させた永代橋崩落から十七年後。栄次郎は、奇怪な連続殺人事件に巻き込まれた。死者の懐中に残された五人の名を記した謎の書付けは何を物語るのか。

老剣客 栄次郎江戸暦13

小杉健治［著］

水茶屋のおのぶが斬死体となり料理屋のお咲が行方不明になった。真相を探索する栄次郎は一人の老剣客を知り、そのなんの気も発さぬ剣の奥義に達した姿に魅せられるが…

居眠り同心 影御用 源之助 人助け帖

早見俊［著］

凄腕の筆頭同心蔵間源之助はひょんなことで閑職に左遷されてしまった。暇で暇で死にそうな日々にさる大名家の江戸留守居から極秘の影御用が舞い込んだ！ 第1弾！

朝顔の姫 居眠り同心 影御用2

早見俊［著］

元筆頭同心に、御台所様御用人の旗本から息女美玖姫探索の依頼。時を同じくして八丁堀同心の審死が告げられた…左遷された凄腕同心の意地と人情！ 第2弾！

与力の娘 居眠り同心 影御用3

早見俊［著］

吟味方与力の一人娘が役者絵から抜け出たような徒組頭次男坊に懸想した。与力の跡を継ぐ婿候補の身上を探れ！「居眠り番」蔵間源之助に極秘の影御用が…！

犬侍の嫁 居眠り同心 影御用4

早見俊［著］

弘前藩御馬廻り三百石まで出世し、かつて道場で竜虎と謳われた剣友が妻を離縁して江戸へ出奔。同じ頃、弘前藩御納戸頭の斬殺体が柳森稲荷で発見された！

草笛が啼《な》く 居眠り同心 影御用5

早見俊［著］

両替商と老中の裏を探れ！ 北町奉行直々の密命に居眠り同心の目が覚めた！ 同じ頃、見習い同心の源太郎が行き倒れの少年を連れてきて…。大人気シリーズ第5弾！

二見時代小説文庫

同心の妹　居眠り同心 影御用6
早見俊［著］
兄妹二人で生きてきた南町の若き豪腕同心が濡れ衣の罠に嵌まった。この身に代えても兄の無実を晴らしたい！血を吐くような娘の想いに居眠り番の血がたぎる！

殿さまの貌《かお》　居眠り同心 影御用7
早見俊［著］
逆袈裟魔《ぎゃくげさま》出没の江戸で八万五千石の大名が行方知れずとなった！元筆頭同心で今は居眠り番と揶揄される源之助のもとに、ふたつの奇妙な影御用が舞い込んだ！

信念の人　居眠り同心 影御用8
早見俊［著］
元筆頭同心の蔵間源之助に北町奉行と与力から別々に二股の影御用が舞い込んだ。老中も巻き込む阿片事件！同心の誇りを貫き通せるか。大人気シリーズ第8弾！

惑《まど》いの剣　居眠り同心 影御用9
早見俊［著］
居眠り番蔵間源之助と岡っ引京次が場末の酒場で助けた男の正体は、大奥出入りの高名な絵師だった。なぜ無銭飲食などをしたのか？これが事件の発端となり…。

青嵐《せいらん》を斬る　居眠り同心 影御用10
早見俊［著］
暇をもてあます源之助が釣りをしていると、暴れ馬に乗った瀕死の武士が…。信濃木曽十万石の名門大名家に届けてほしいとその男に書状を託された源之助は…。

風神狩り　居眠り同心 影御用11
早見俊［著］
源之助の一人息子で同心見習いの源太郎が夜鷹殺しの現場で捕縛された！濡れ衣だと言う源太郎。折しも街道筋を盗賊「風神の喜代四郎」一味が跋扈していた！

二見時代小説文庫

嵐の予兆 居眠り同心 影御用12
早見俊［著］

居眠り同心の息子源太郎は大盗賊「極楽坊主の妙蓮」を護送する大任で雪の箱根へ。父源之助の許には妙蓮絡みの奇妙な影御用が舞い込んだ。同心父子に迫る危機！

七福神斬り 居眠り同心 影御用13
早見俊［著］

元普請奉行が殺害され亡骸には奇妙な細工！ 向島七福神巡りの名所で連続する不思議な殺人事件。父源之助と新任同心の息子源太郎よる「親子御用」が始まった。

名門斬り 居眠り同心 影御用14
早見俊［著］

身を持ち崩した名門旗本の御曹司を連れ戻すという単純な依頼には、一筋縄ではいかぬ深い陰謀が秘められていた。事態は思わぬ展開へ！ 同心父子にも危険が迫る！

闇の狐狩り 居眠り同心 影御用15
早見俊［著］

碁を打った帰り道、四人の黒覆面の侍たちに斬りかかられた源之助。翌朝、なんと四人のうちのひとりが、寺社奉行の用人と称して秘密の御用を依頼してきた。

悪手《あくしゅ》斬り 居眠り同心 影御用16
早見俊［著］

例繰方《れいくりかた》与力の影御用、配下の同心が溺死した件を内密に調査してほしいという。一方、伝馬町の牢の盗賊が本物か調べるべく、岡っ引京次は捨て身の潜入を試みる。

はみだし将軍 上様は用心棒1
麻倉一矢［著］

目黒の秋刀魚《さんま》でおなじみの忍び歩き大好き将軍家光《いえみつ》が浅草の口入れ屋に居候。彦左や一心太助、旗本奴や町奴、剣豪らと悪党退治！ 胸がスカッとする新シリーズ！